U0068058

博物館偵探 1

SHERLOCK BONES

骨爾摩斯

消失的皇家藍鑽

博物館偵探 1

SHERLOCK BONES

骨爾摩斯

消失的皇家藍鑽

文．圖／芮妮．崔莫（Renée Treml）

譯／謝靜雯

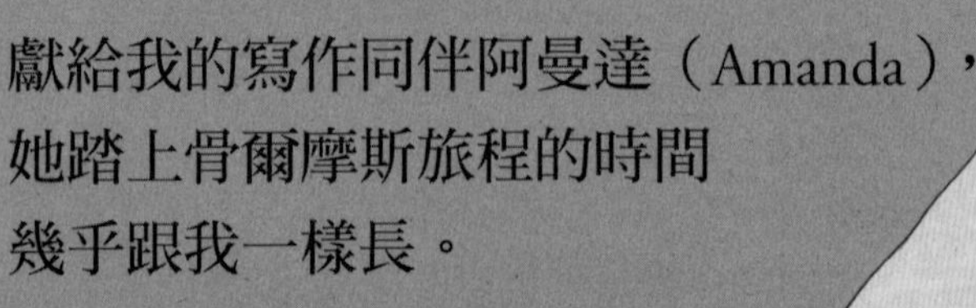

獻給我的寫作同伴阿曼達（Amanda），
她踏上骨爾摩斯旅程的時間
幾乎跟我一樣長。

史博物館
跟我們的恐龍
一起大吼！
體驗
雨林
迷你獸

茶色蟆口鴟
Podargus strigoides
澳洲、食肉動物、鳥類
鴯鶓
Dromaius novaehollandiae
澳洲
雜食動物
鳥類
兔耳袋狸
Macrotis lagotis
澳洲
雜食動物
有袋類

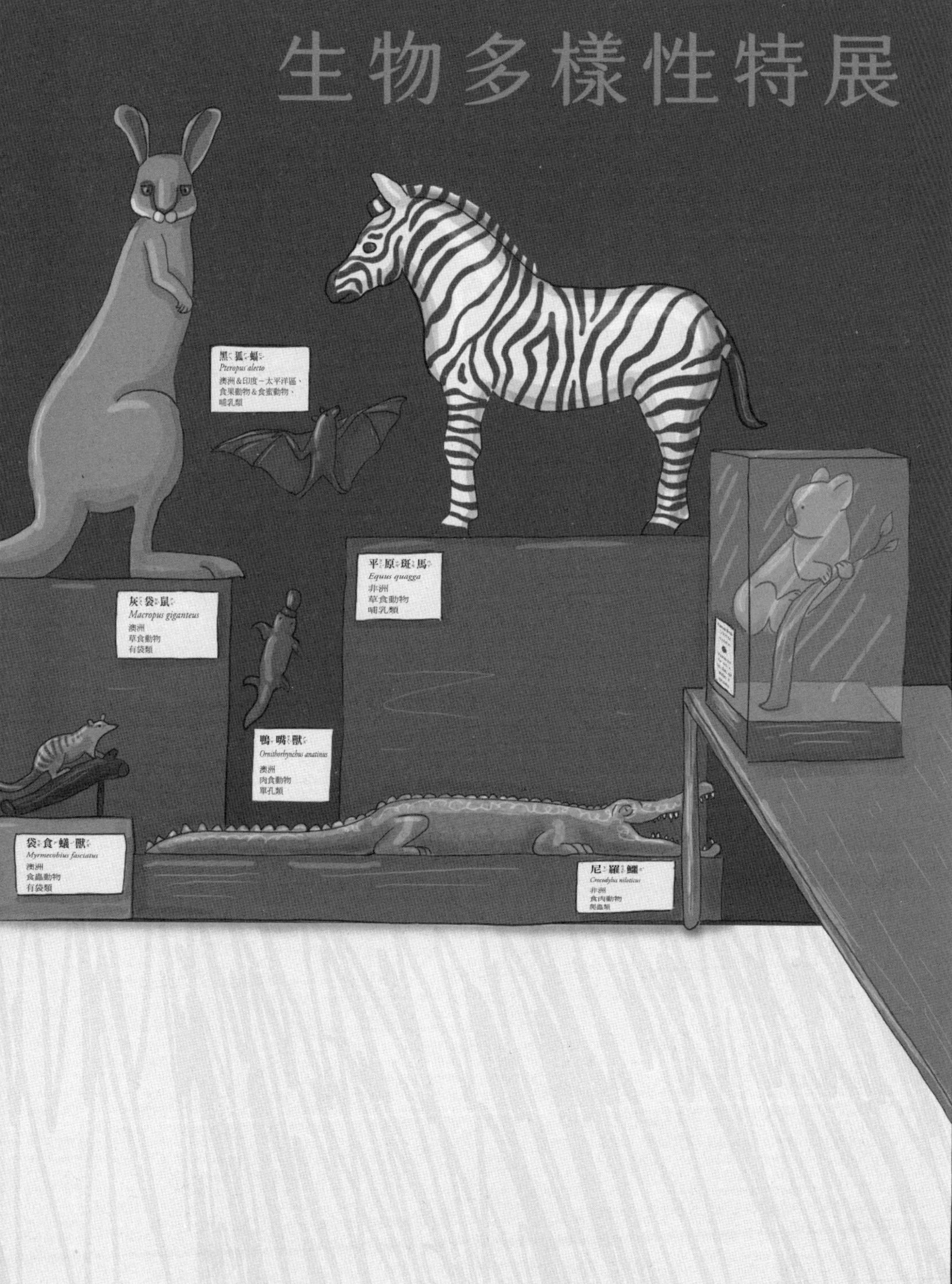
生物多樣性特展
黑狐蝠
Pteropus alecto
澳洲&印度－太平洋區、
食果動物&食蜜動物、
哺乳類
平原斑馬
Equus quagga
非洲
草食動物
哺乳類
灰袋鼠
Macropus giganteus
澳洲
草食動物
有袋類
鴨嘴獸
Ornithorhynchus anatinus
澳洲
肉食動物
單孔類
袋食蟻獸
Myrmecobius fasciatus
澳洲
食蟲動物
有袋類
尼羅鱷
Crocodylus niloticus
非洲
食肉動物
爬蟲類

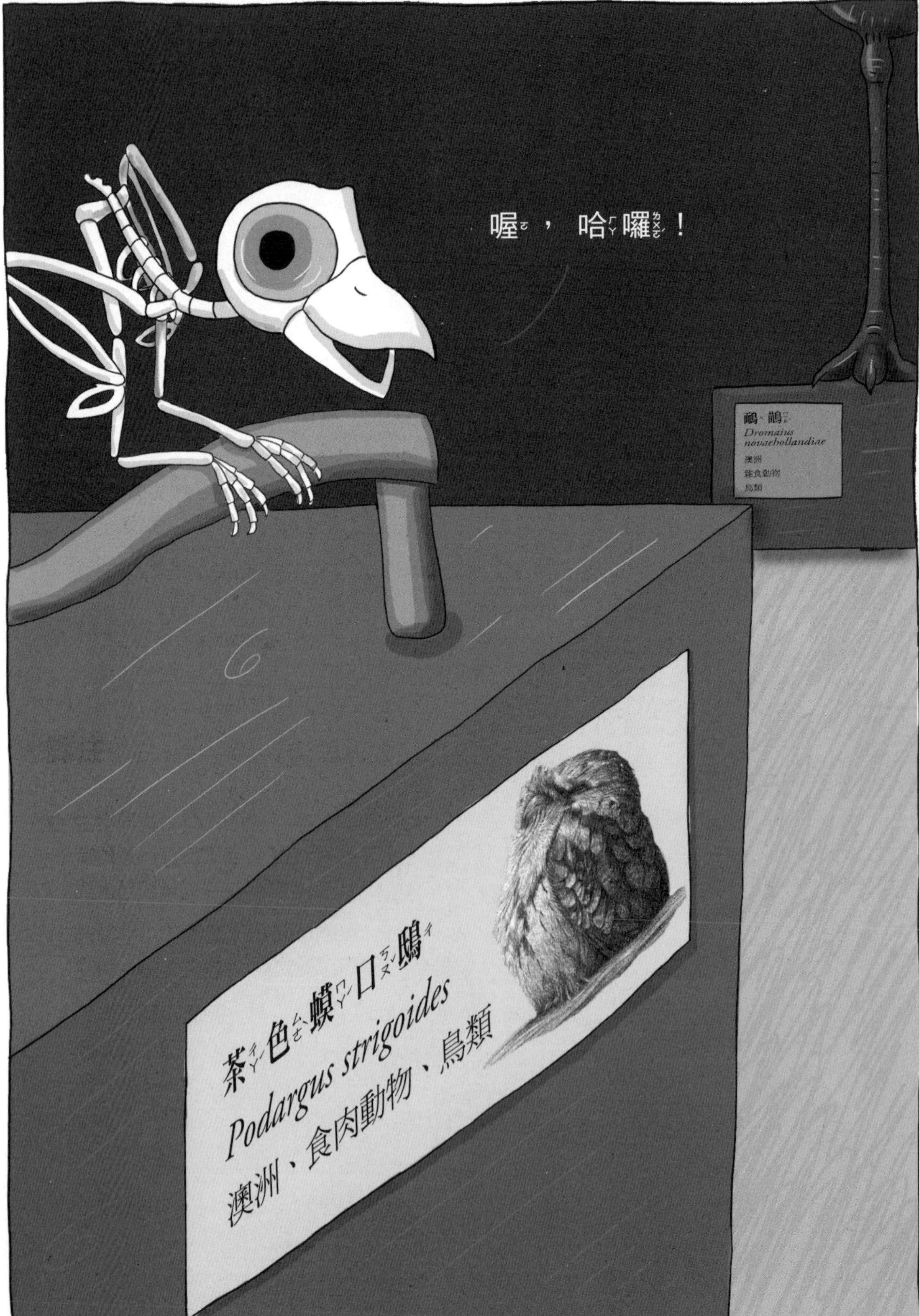
喔，哈囉！
鴯鶓
Dromaius novaehollandiae
澳洲
雜食動物
鳥類
茶色蟆口鴟
Podargus strigoides
澳洲、食肉動物、鳥類

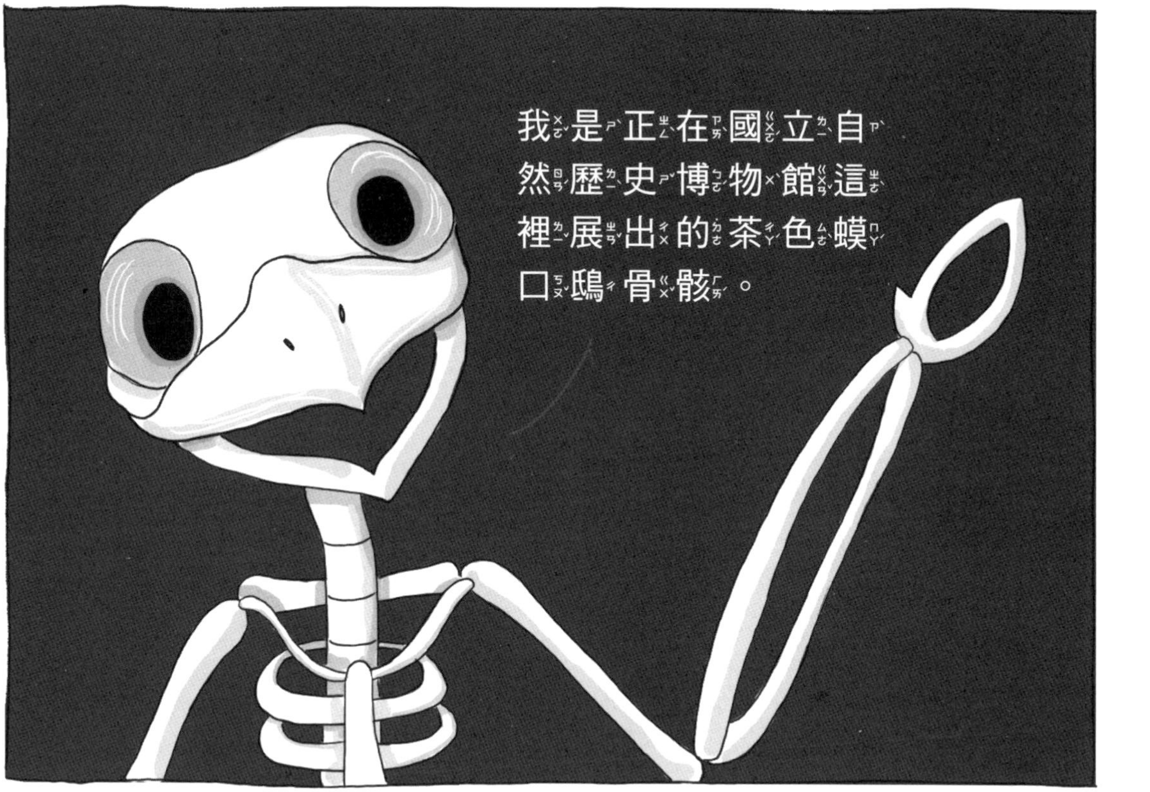

我是正在國立自然歷史博物館這裡展出的茶色蟆口鴟骨骸。

什麼？你沒來過這間博物館？

放鬆坐好，我立刻幫你導覽一下。

國立自然歷史
博物館
訪客指南

咦，好像哪裡怪怪的……

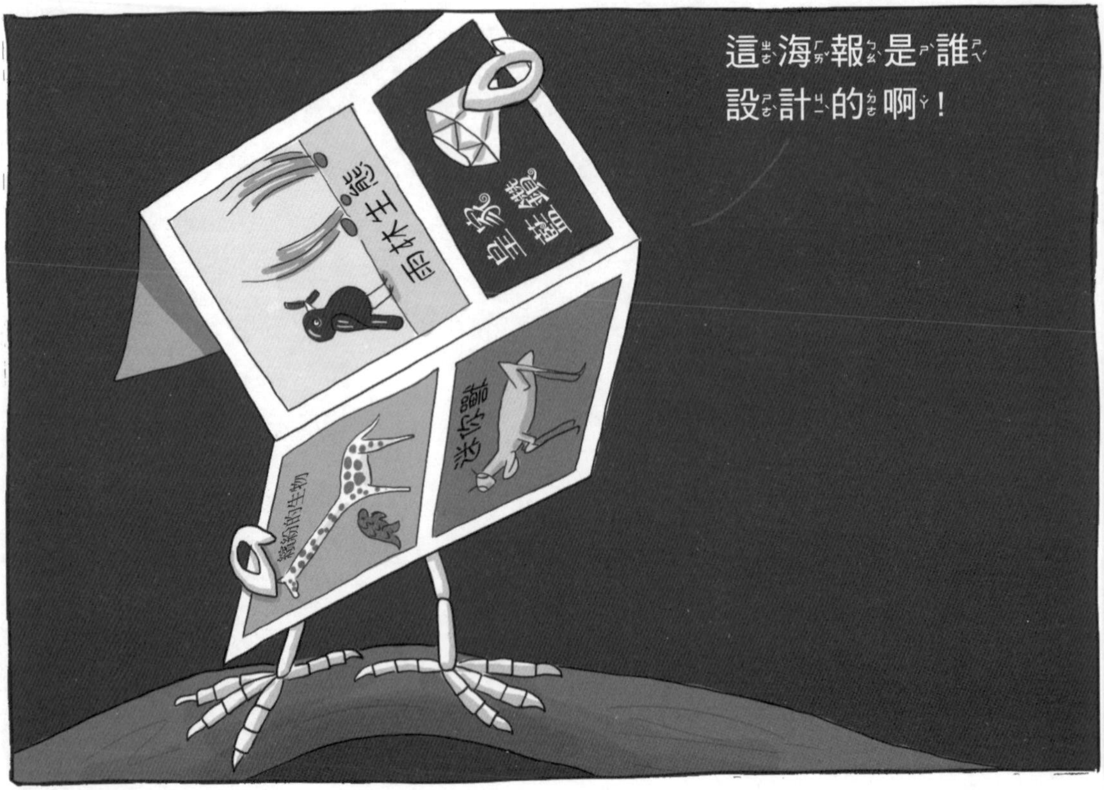

這海報是誰設計的啊！

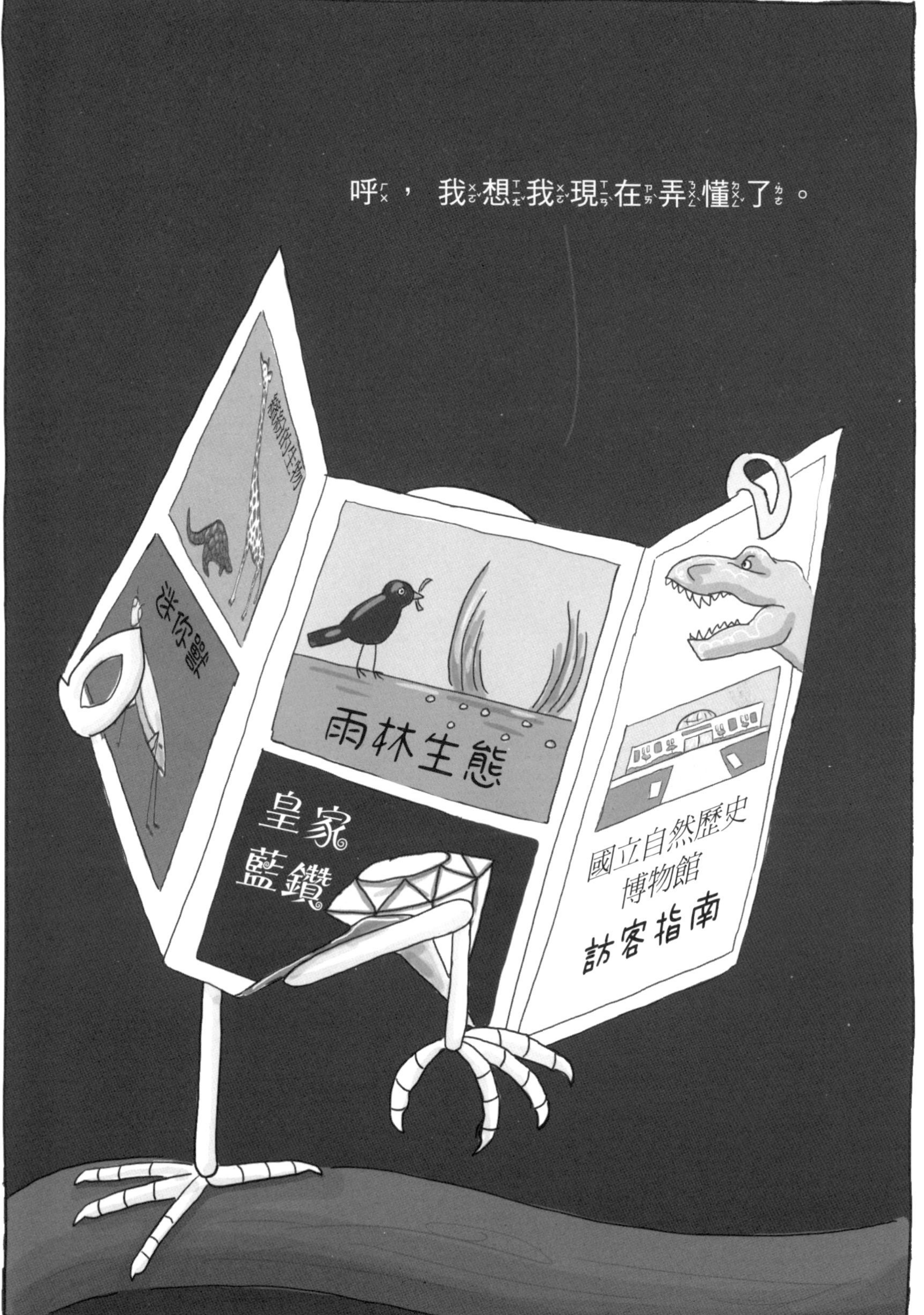

呼，我想我現在弄懂了。
繽紛的生物
迷你獸
雨林生態
皇家藍鑽
國立自然歷史博物館
訪客指南

過來這邊看看吧！
繽紛的生物
迷你獸
雨林生態
皇家藍鑽
國立自然歷史博物館
訪客指南

你可以再靠近一點。

我又不會咬人。

哇，也太近了吧！

你沒有聽過「個人空間」這個概念嗎？

歡迎來到史上最棒的博
物館。我就住在這裡。

你在這裡面可以看
生生的小鳥和樹木

國立自然歷史博物館

繽紛的生物／
從最高大
到最矮小／
有羽毛
和鱗片

砰砰
穿過
強大的
中生代
時期

恐龍很酷。

強大的
中生代生物區

我們就在我的
展間這裡。

生物多樣性特展

皇家藍鑽就在
這裡展出。

岩石&
礦物區

全世界最有價值的珠
，看了讓你嘖嘖
奇皇家藍鑽
正　岩石&礦物區展出

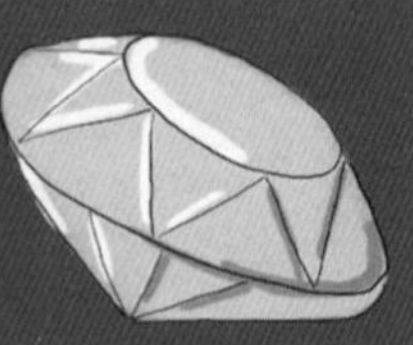

國家自然歷史
博物館
高街101號

體驗澳洲的雨林
找出神出鬼沒的蟆口鴟，和園丁鳥面對面
我們的文化
我們的世界
在這個可動手參與式展覽分享你的世界。
雨林
生態區
這裡有很酷的人類文明，如果你對這個主題感興趣。
我們的文化
我們的世界
由淺入深的探索海洋
我們也有活生生的蝴蝶——好漂亮！
這裡有一隻巨型烏賊，可是不要擔心，牠死了。
蝴蝶園
海洋生物區
海洋
生物區
迷你獸區
在迷你獸區這裡
這狼蛛讓我頭皮發麻。
開館時間
上午9點
到下午5點
美麗、罕見、瀕危
歡迎參觀蝴蝶園

老實說，我還以為到34頁才會碰到你。

所有的樂趣都是從那裡開始的。

可是既然你都來了……

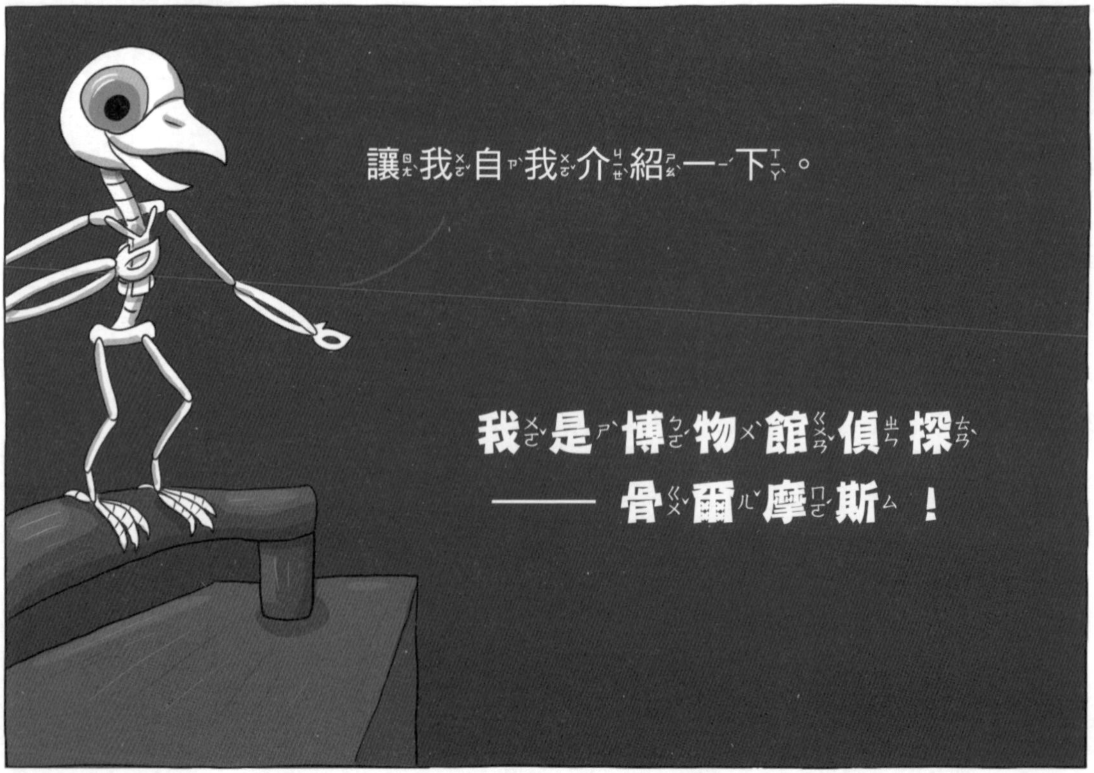

讓我自我介紹一下。

我是博物館偵探——骨爾摩斯！

專門破解謎團的……
超級巨星！
這就是我在
這本書裡面
的角色啦！

喔，對了。
抱歉，華茲。

我原本真的打算
說「我們」。

你在哪裡啊？

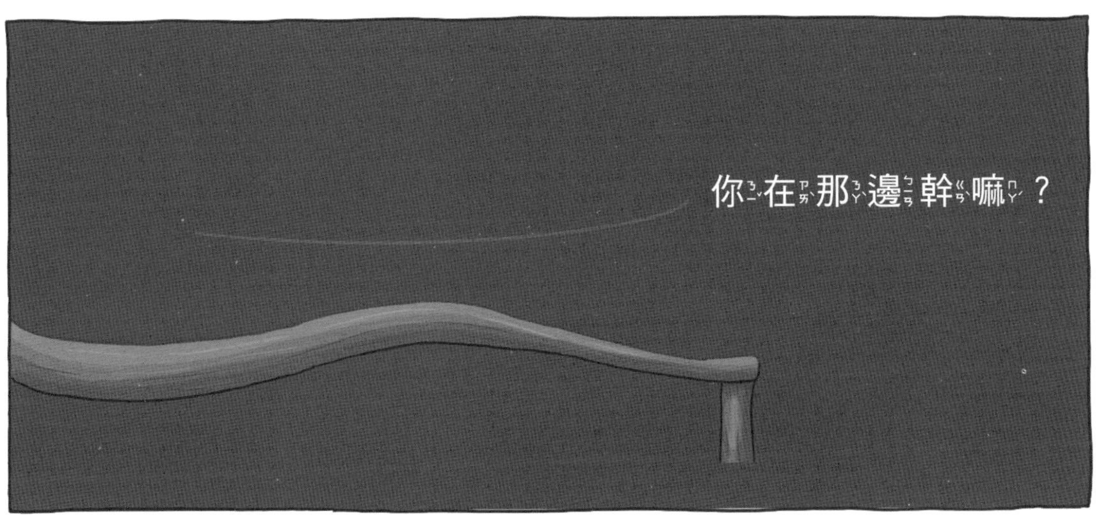
你在那邊幹嘛？

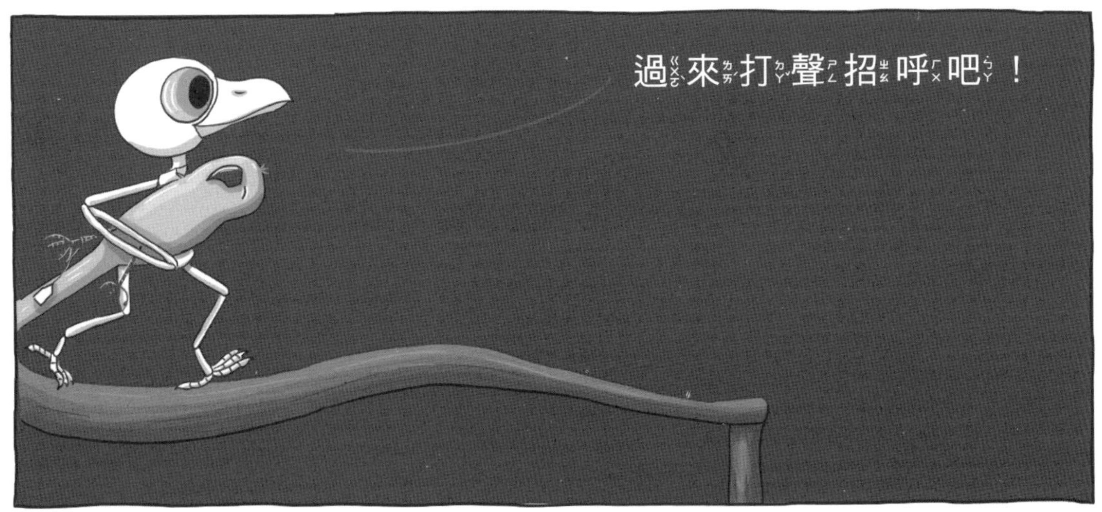
過來打聲招呼吧！

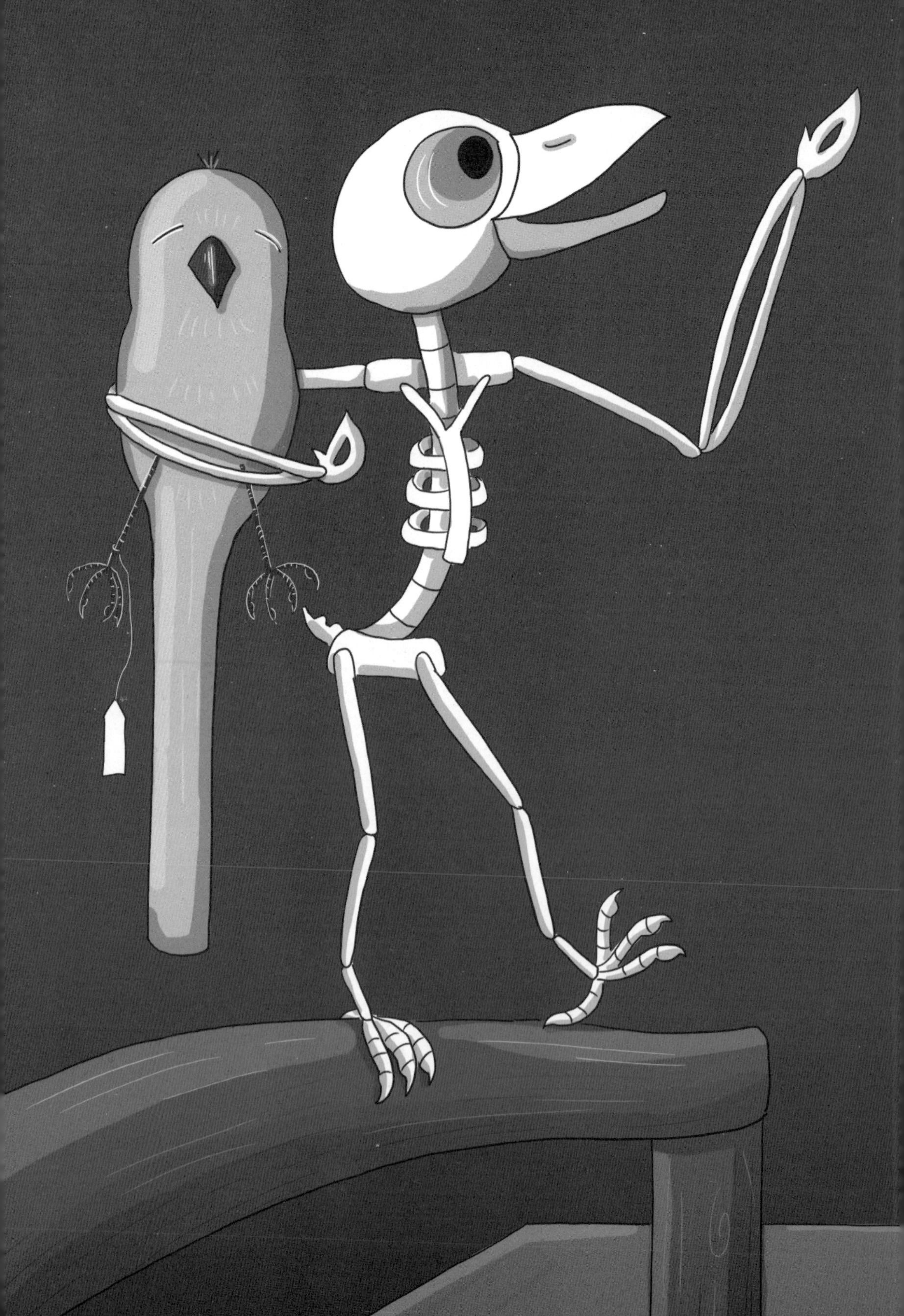

這位是我可靠的搭檔華茲，
我們聯手起來就是……

專門

破解謎團的……

超級巨星！

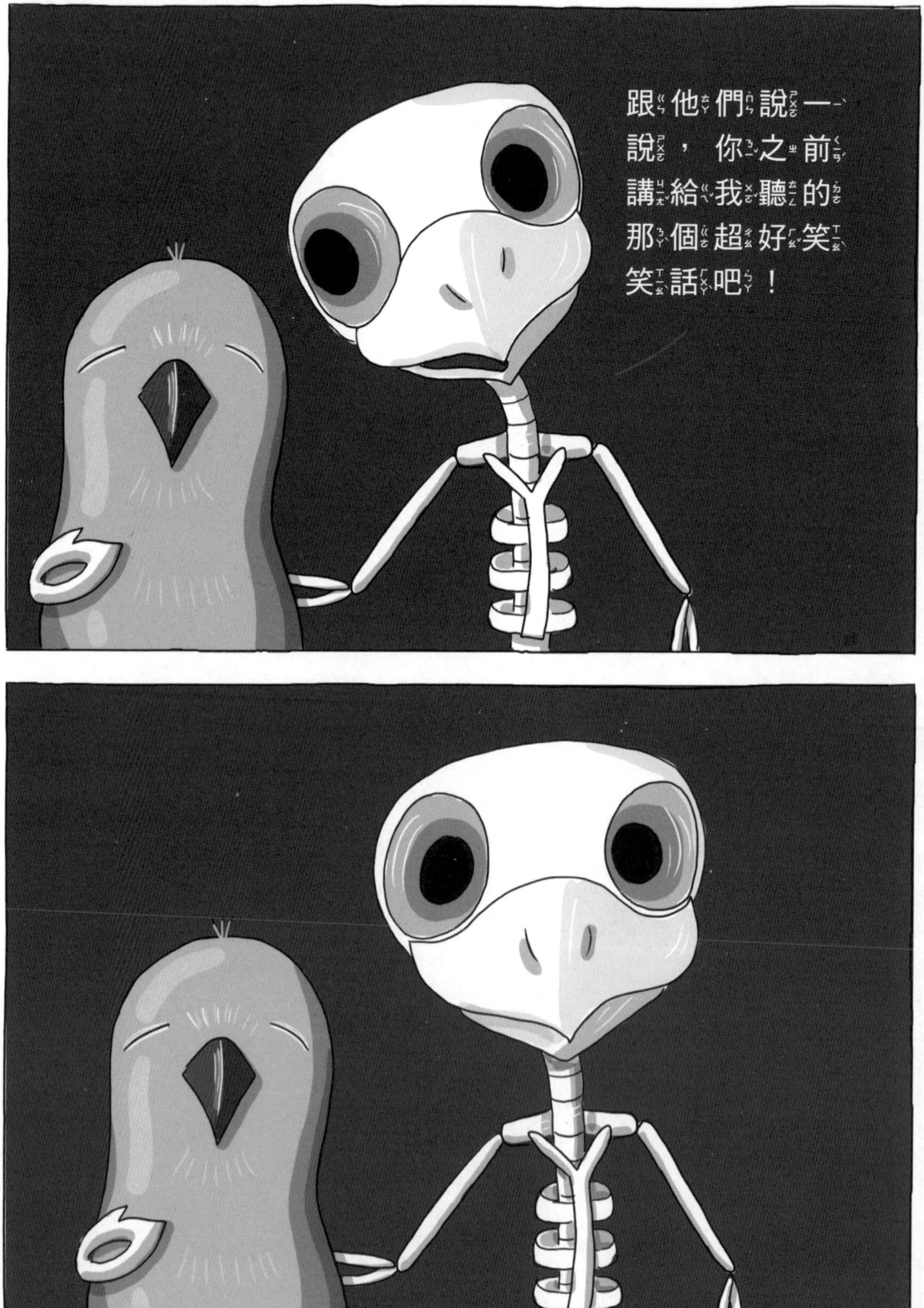

跟他們說一說，你之前講給我聽的那個超好笑笑話吧！

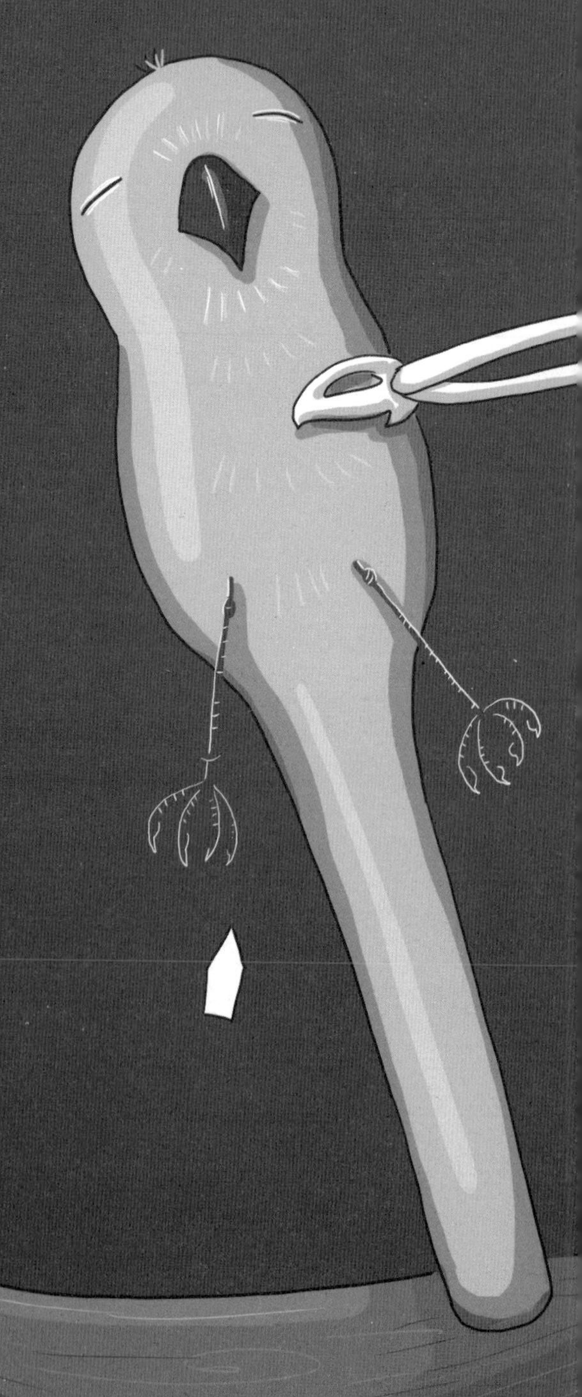
哈、
哈！

真精采，華茲！
這個笑話不管聽幾次都能逗得我哈哈大笑！

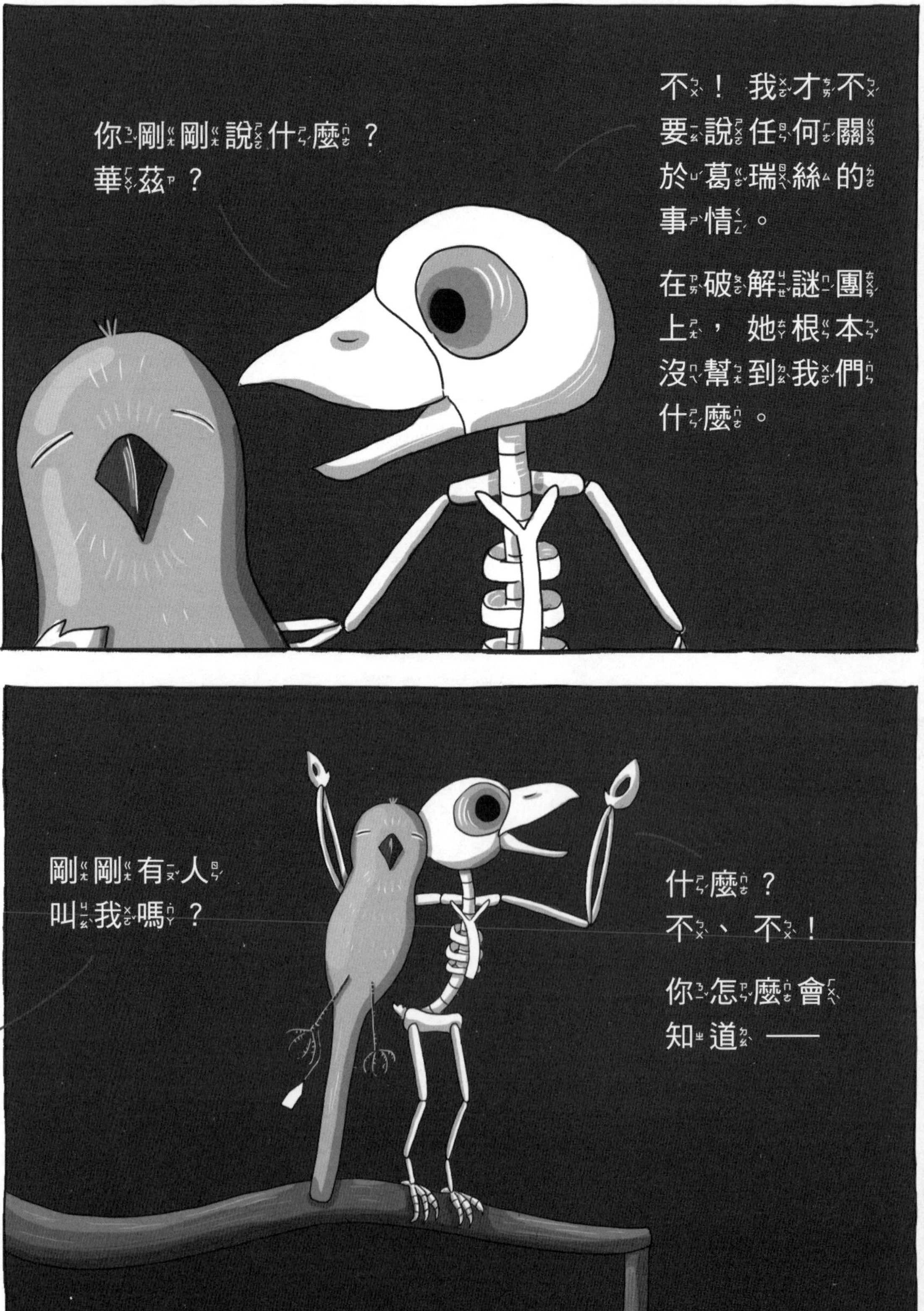

你剛剛說什麼？
華茲？

不！我才不要說任何關於葛瑞絲的事情。

在破解謎團上，她根本沒幫到我們什麼。

剛剛有人叫我嗎？

什麼？
不、不！

你怎麼會知道——

我準備好
要來一個
特寫嘍！

等等！不！
我只是在介紹我自己和華茲——破解謎團的專家。
我們都知道，沒有我，你們解不開謎團。

你對解謎的過程一點都不重要。
我明明扮演了最關鍵的……

唉唷。
茶色蟆口鴟
Podargus strigoides
澳洲、食肉動物、鳥類

你現在最好就翻到34頁。

那裡就是整個故事的開端。

記得跳過下一頁。

千萬不要接著往下看。

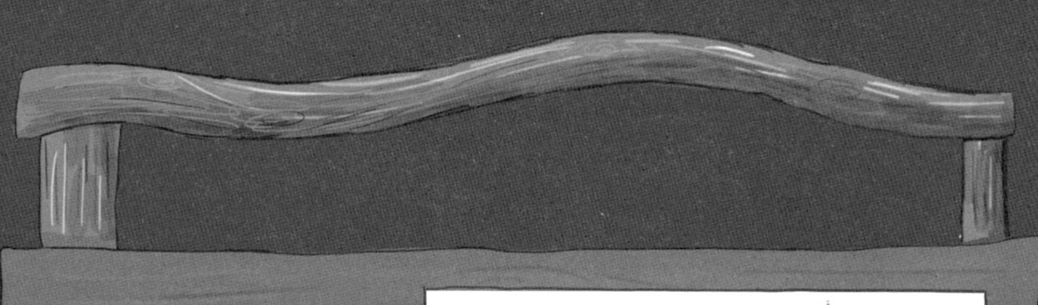

茶色蟆口鴟

Podargus strigoides

澳洲、食肉動物、鳥類

哇…… 這比博物館館長椅上的圓珠按摩墊還舒服！骨爾你真的應該試一試，這很能讓人放鬆喲！

翻到下一頁，
馬上！
第一章，
快去……

第一章
閉館時間

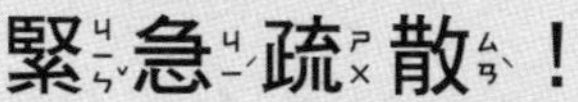

緊急疏散！
這不是演習，再說一次！
緊急疏散！這不是演習！

請往最近的出口移動，你們會接受警方的訊問。

嗚咿喔 嗚咿喔 嗚咿喔 嗚咿喔 嗚咿喔
土豚
Orycteropus afer
非洲、食肉動物、哺乳類
茶色蟆口鴟
Podargus strigoides
澳洲、食肉動物、鳥類
鴯鶓
Dromaius novaehollandiae
澳洲
雜食動物
鳥類
兔耳袋狸
Macrotis lagotis
澳洲
雜食動物
有袋類
我不能丟下我的恐龍自己離開！小藍、小藍！你在哪裡？

黑狐蝠
Pteropus alecto
澳洲&印度－太平洋區、
食果動物&食蜜動物、
哺乳類
平原斑馬
Equus quagga
非洲
草食動物
哺乳類
灰袋鼠
Macropus giganteus
澳洲
草食動物
有袋類
鴨嘴獸
Ornithorhynchus anatinus
澳洲
肉食動物
單孔類
袋食蟻獸
Myrmecobius fasciatus
澳洲
食蟲動物
有袋類
尼羅鱷
Crocodylus niloticus
非洲
食肉動物
爬蟲類
咿喔
嗚咿喔
嗚咿喔
嗚咿喔
嗚咿
你確定我們不能再多找一下嗎？
那是她最愛的玩具。沒有它，她什麼都做不了。

抱歉，奈莉，可是每個人都一定要從博物館疏散出去。

包括博物館館長最愛的孫女和她的保母。

嗚咿

嗚咿喔

嗚咿喔

嗚咿喔嗚咿喔嗚咿喔嗚咿喔嗚咿喔

我要小藍！
我要跟爺爺說，都是你的錯！

喔，嗯……不需要麻煩館長。
我答應你，我會幫你找回小藍，
我保證！
好了，請往出口移動……
嗚咿喔
嗚咿喔
嗚咿喔
嗚咿喔
嗚咿喔
嗚咿喔

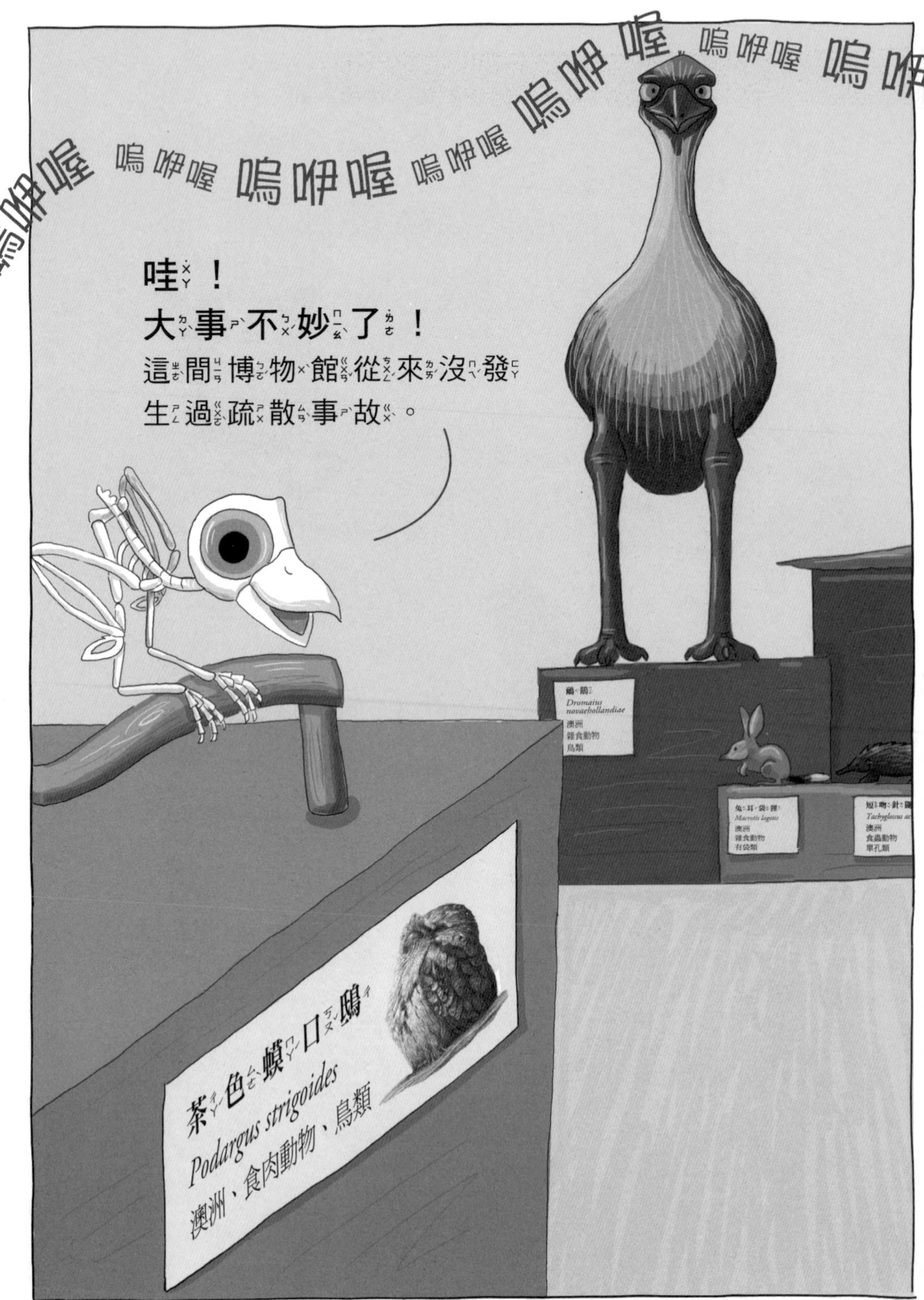

嗚咿喔 嗚咿喔 嗚咿喔 嗚咿喔 嗚咿喔 嗚咿喔 嗚咿喔
哇！
大事不妙了！
這間博物館從來沒發生過疏散事故。
鴯鶓
Dromaius novaehollandiae
澳洲
雜食動物
鳥類
兔耳袋狸
Macrotis lagotis
澳洲
雜食動物
有袋類
澳洲
食蟲動物
單孔類
茶色蟆口鴟
Podargus strigoides
澳洲、食肉動物、鳥類

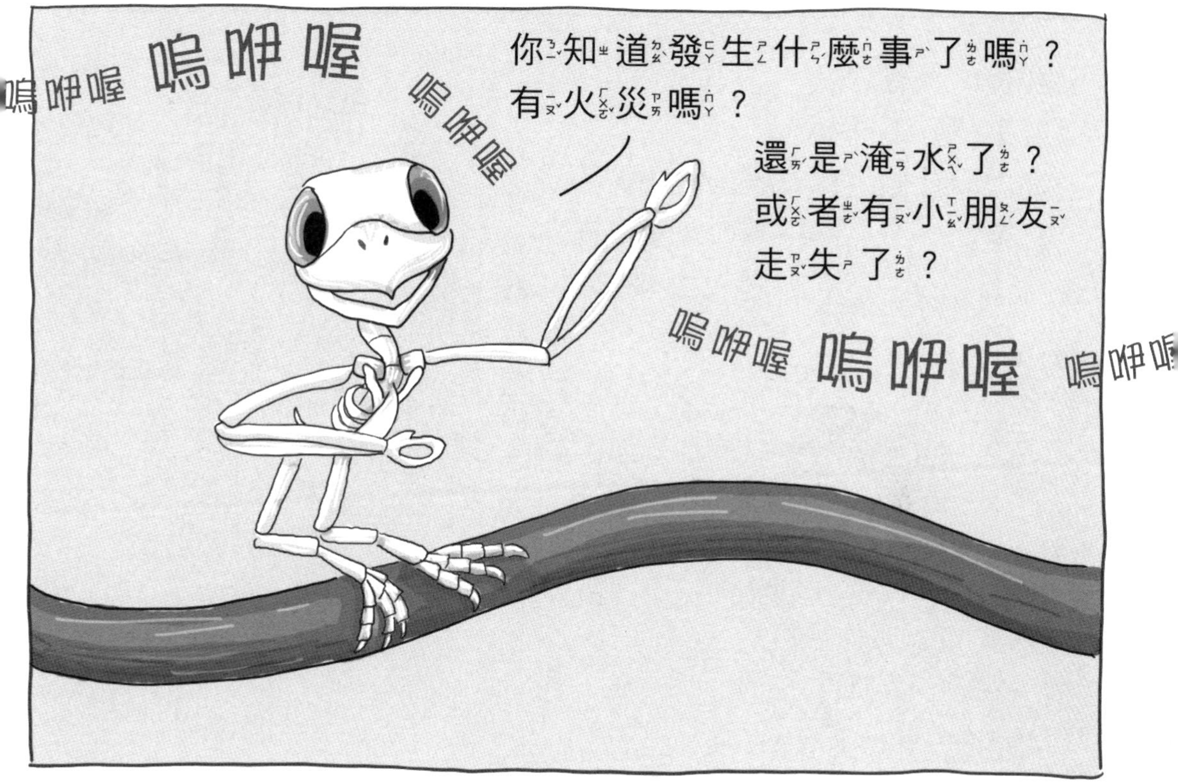

嗚咿喔 嗚咿喔

嗚咿喔

你知道發生什麼事了嗎？
有火災嗎？

還是淹水了？
或者有小朋友走失了？

嗚咿喔 嗚咿喔 嗚咿喔

噓，安靜！
有人走過來了！
或許他們知道發生什麼事了。

組長，有些員工私下討論說小偷是鬼魂。

鬼小偷？喔，這真是太精采了呢。

生物多樣性特展

嗚咿喔 嗚咿喔

警報聲這麼大，我聽不到他們講話……

嗚咿 嗚咿喔 嗚咿喔 嗚咿喔

我要你在媒體報導之前，制止這種傳聞。

我都能想像明天的頭條會怎麼寫了……

生物多樣性特展

嗚咿喔 嗚咿喔

……還是聽不到

嗚咿喔 嗚咿喔 嗚咿喔

世界上最有價值的寶石不見了，主要嫌疑人居然是鬼魂。

這種傳聞可是會害博物館關門大吉的啊！

說到關，你能不能去把燈關上？

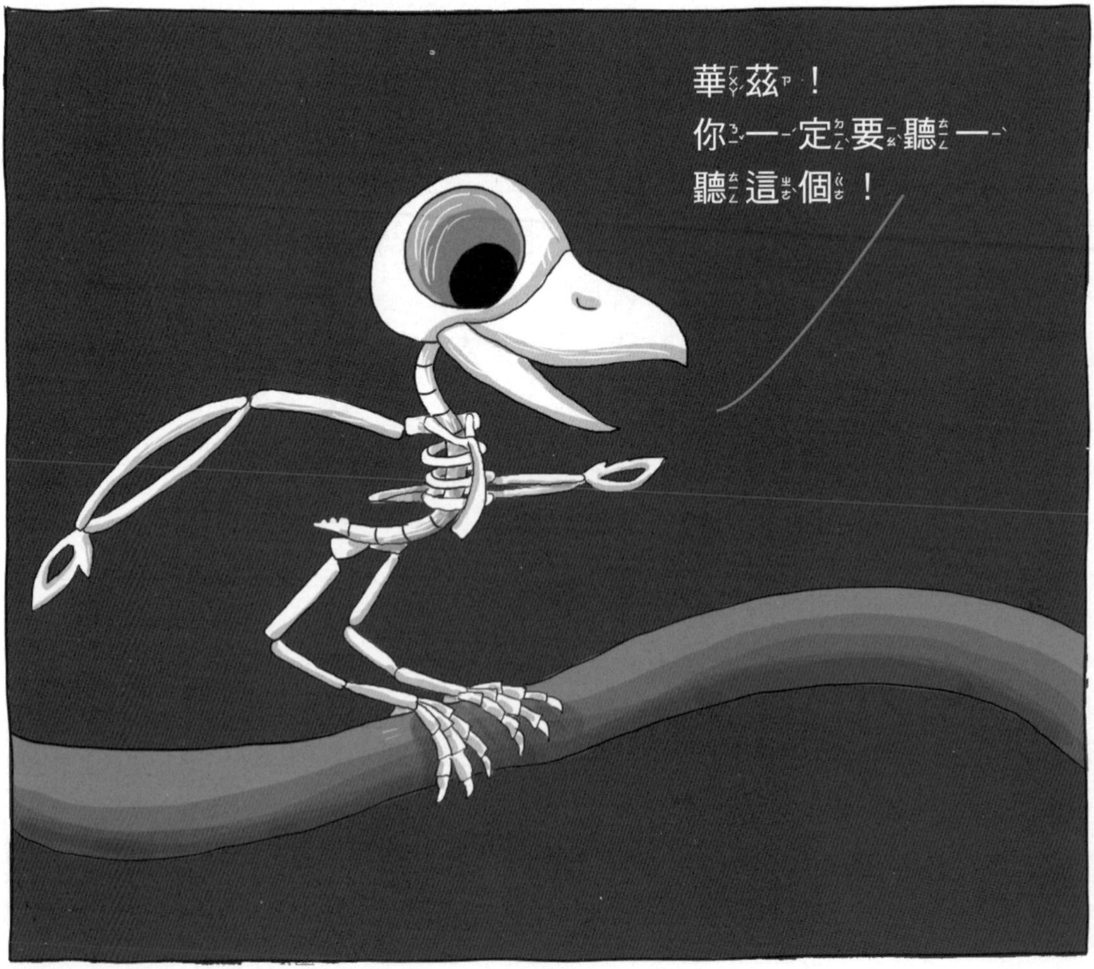

華茲！
你一定要聽一
聽這個！

別動！
我會飛過去。
鴯鶓
Dromaius novaehollandiae
澳洲
雜食動物
鳥類
灰袋鼠
Macropus giganteus
澳洲
草食動物
有袋類
兔耳袋狸
Macrotis lagotis
澳洲
雜食動物
有袋類
短吻針鼴
Tachyglossus aculeatus
澳洲
食蟲動物
單孔類
袋食蟻獸
Myrmecobius fasciatus
澳洲
食蟲動物
有袋類
口鴟
igoides
動物、鳥類

啊ㄚ～喔ㄛ！

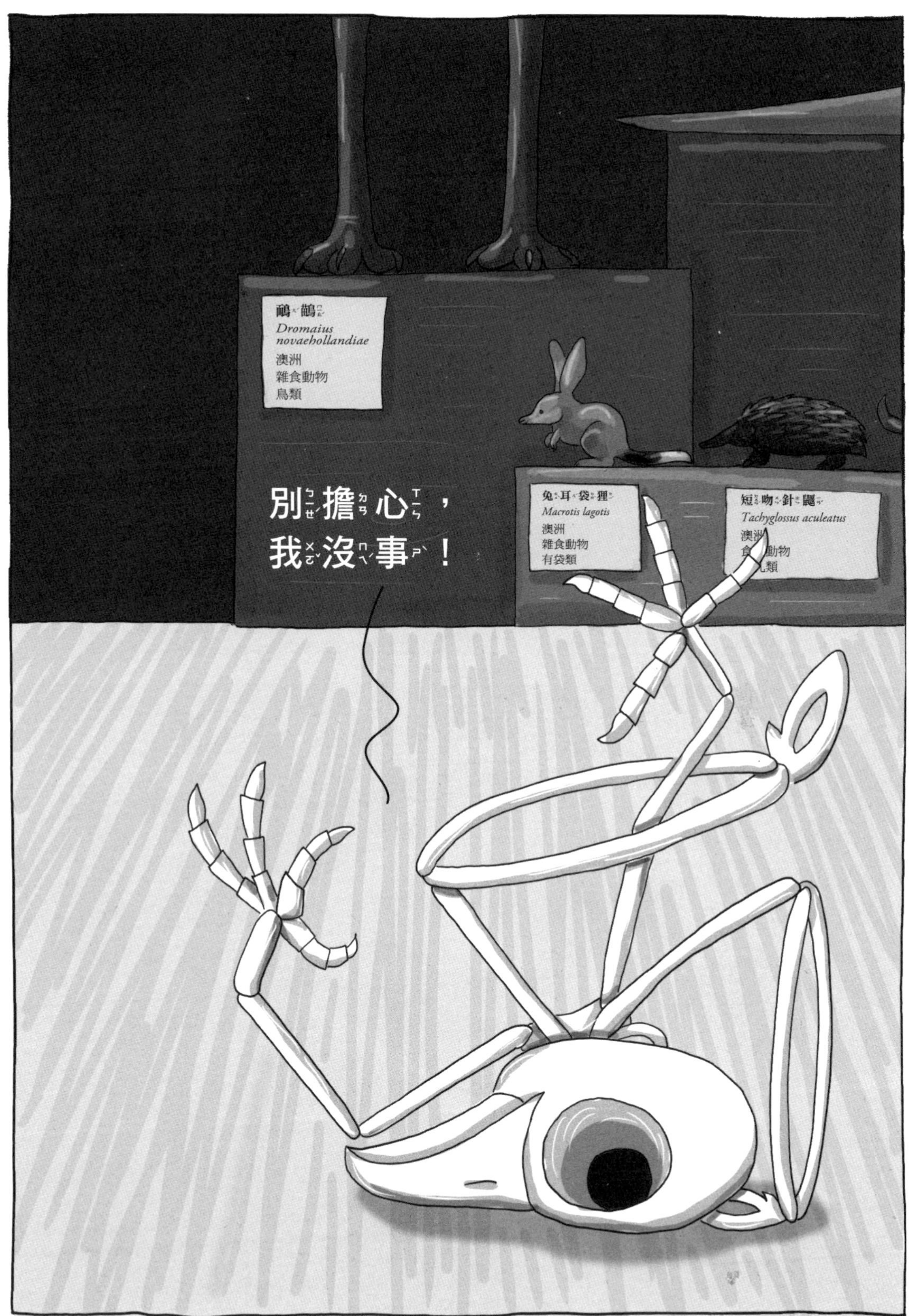
鴯鶓
Dromaius novaehollandiae
澳洲
雜食動物
鳥類
兔耳袋狸
Macrotis lagotis
澳洲
雜食動物
有袋類
短吻針鼴
Tachyglossus aculeatus
別擔心，
我沒事！

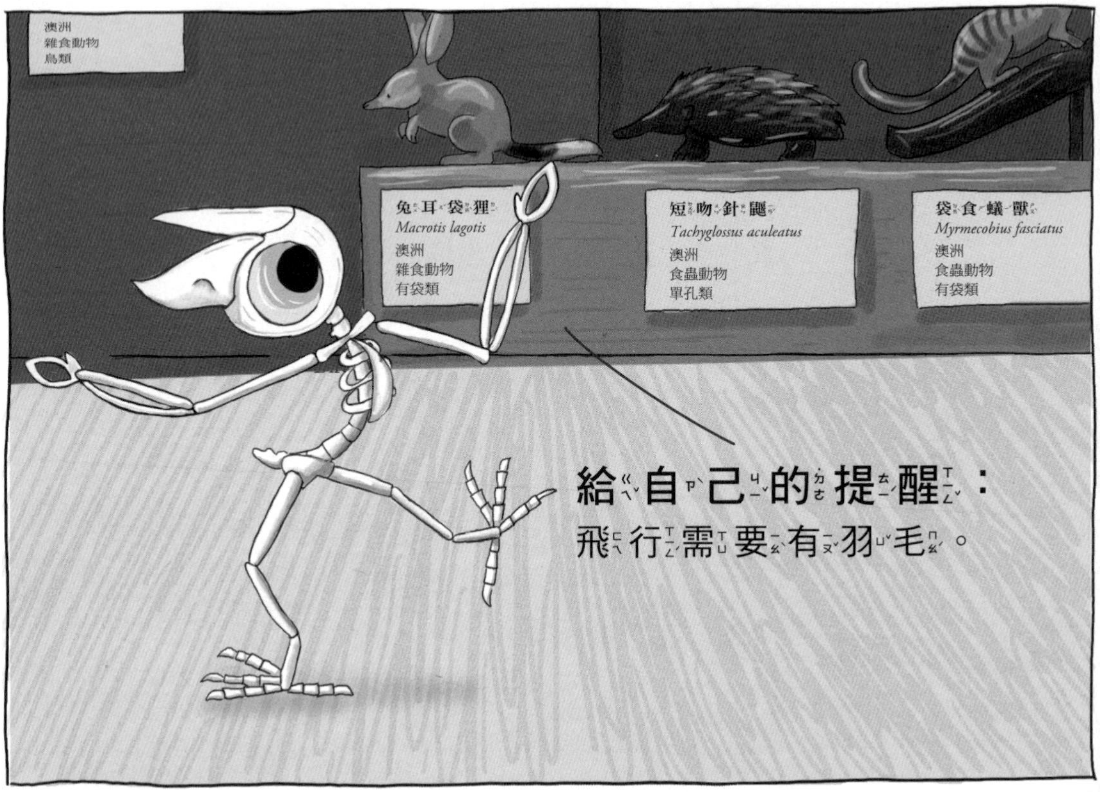

澳洲
雜食動物
鳥類

兔耳袋狸
Macrotis lagotis
澳洲
雜食動物
有袋類

短吻針鼴
Tachyglossus aculeatus
澳洲
食蟲動物
單孔類

袋食蟻獸
Myrmecobius fasciatus
澳洲
食蟲動物
有袋類

給自己的提醒：
飛行需要有羽毛。

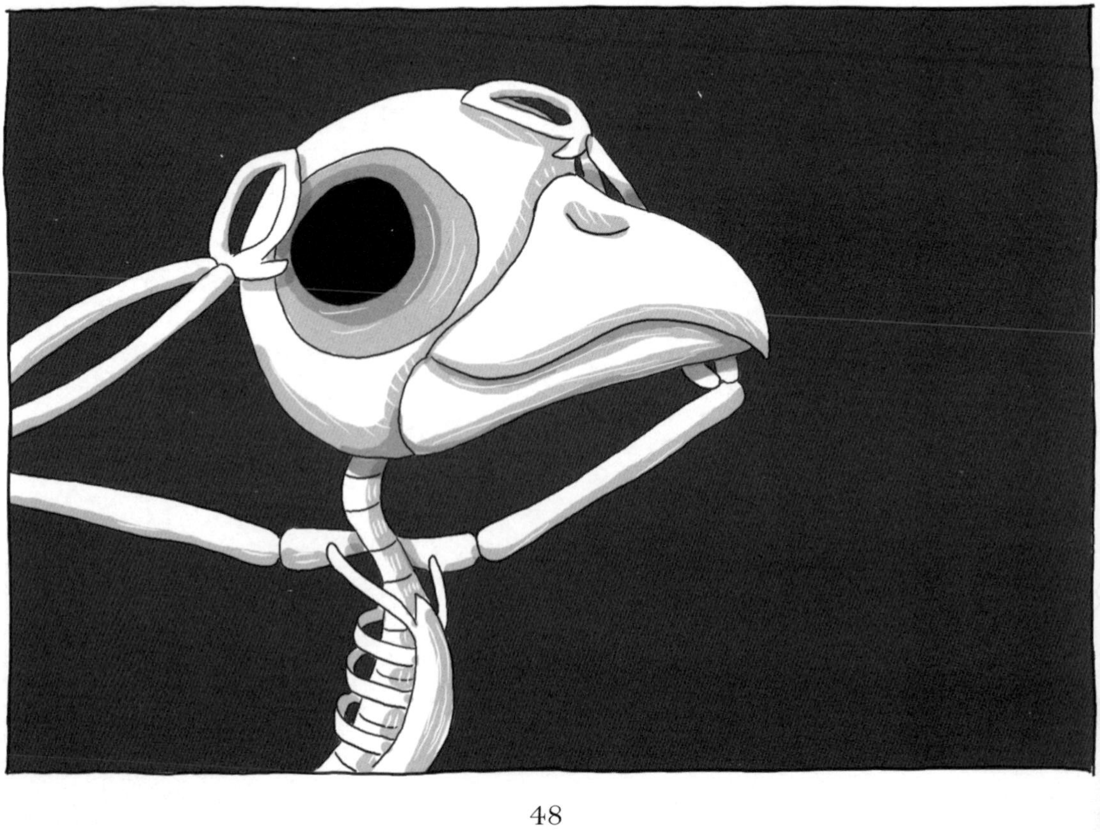

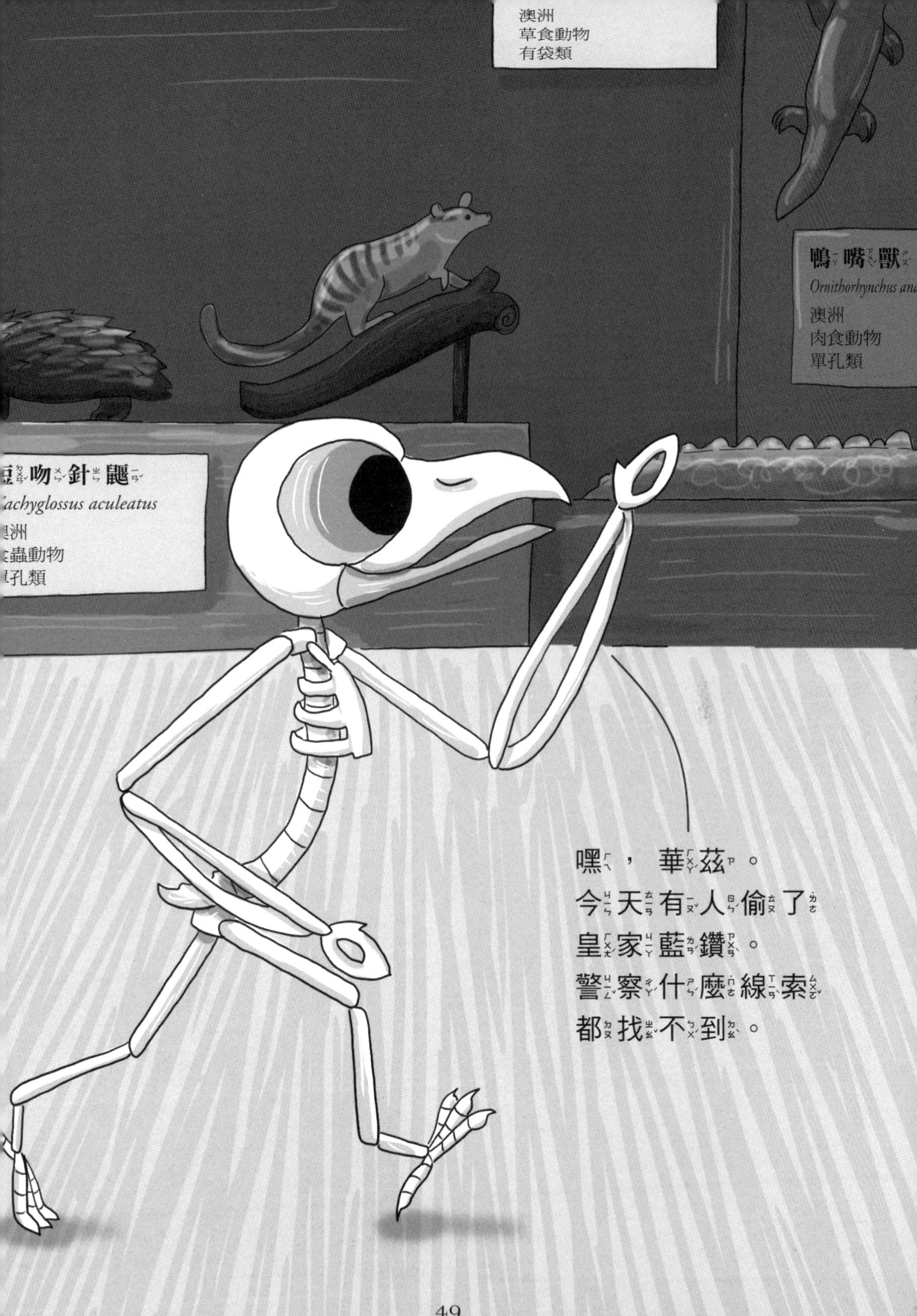
澳洲
草食動物
有袋類
鴨嘴獸
Ornithorhynchus ana
澳洲
肉食動物
單孔類
吻針鼴
achyglossus aculeatus
洲
蟲動物
孔類
嘿，華茲。
今天有人偷了
皇家藍鑽。
警察什麼線索
都找不到。

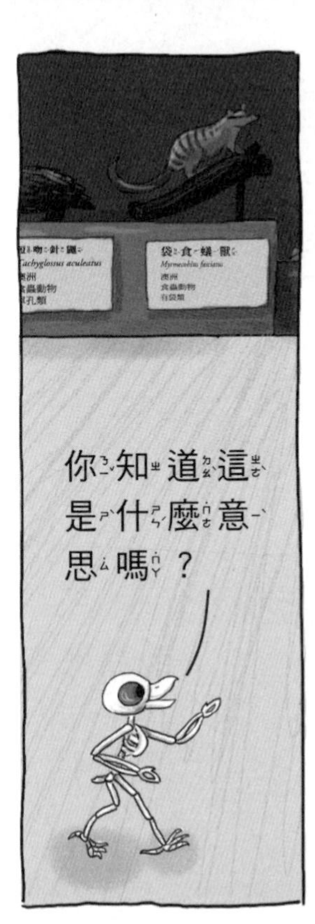
袋食蟻獸
你知道這是什麼意思嗎？

博物館要關門大吉了！

尼羅鱷
都是因為全世界最有價值的寶石消失了，而且大家什麼都沒看見！

嗯，經過我的重新梳理，好像有點意思……

所以，華茲，我實在很不想宣布這個消息……

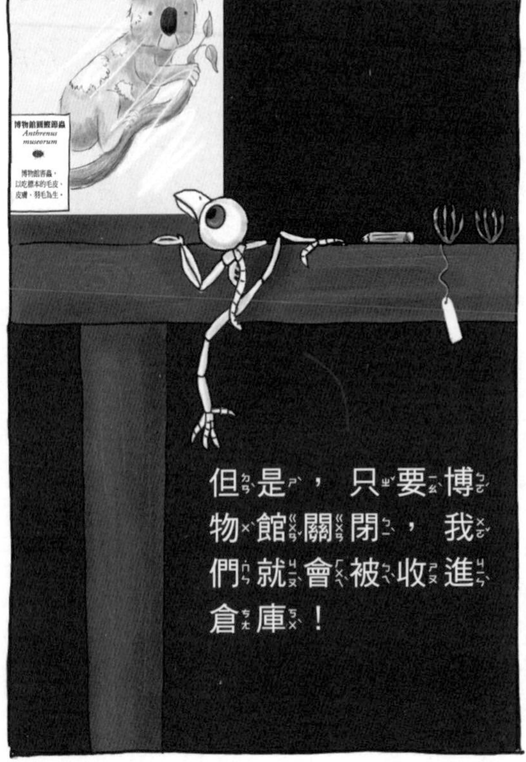
Anthrenus museorum
博物館害蟲，以吃標本的毛皮、皮膚、羽毛為生。
但是，只要博物館關閉，我們就會被收進倉庫！

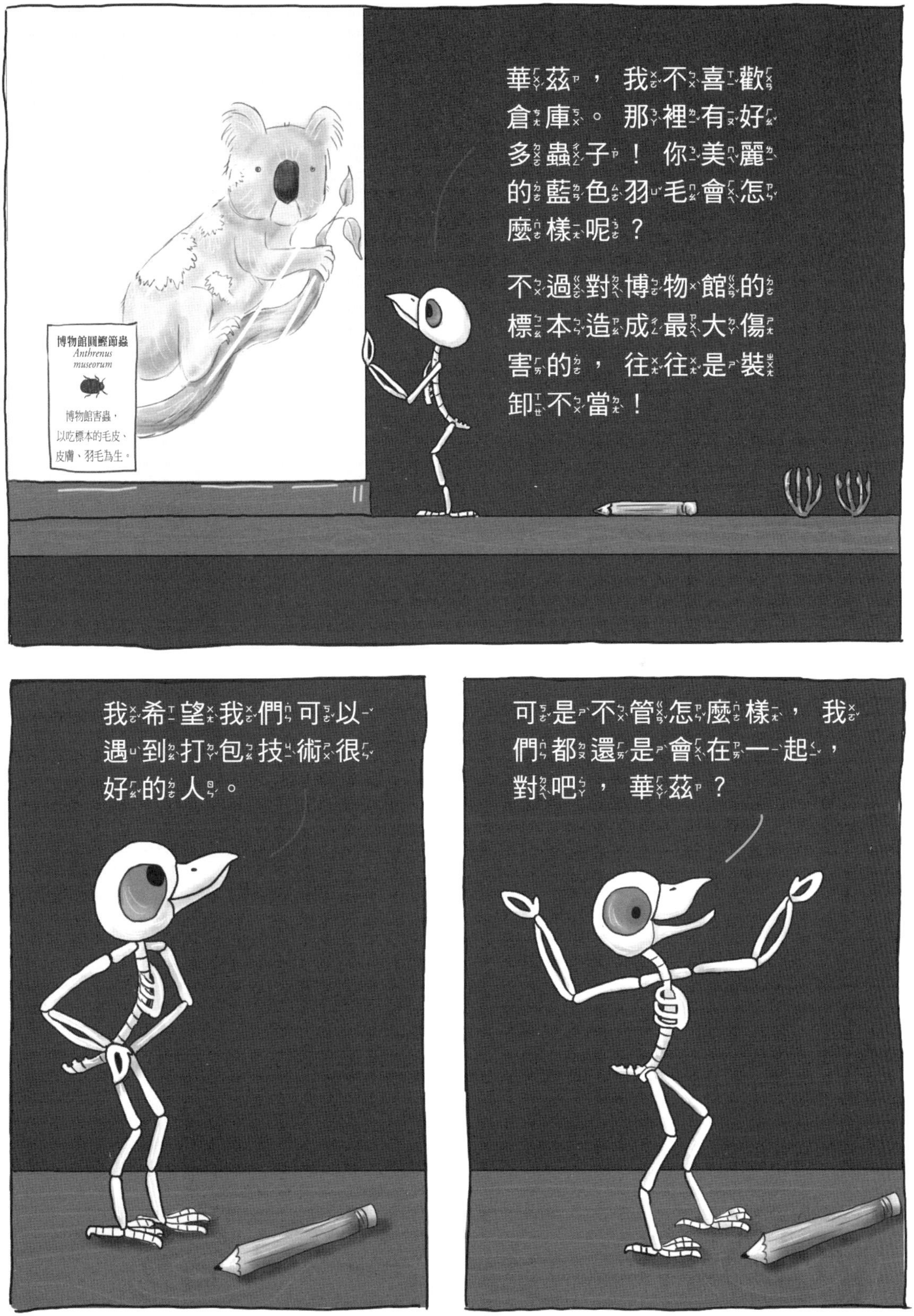

華茲，我不喜歡倉庫。那裡有好多蟲子！你美麗的藍色羽毛會怎麼樣呢？

不過對博物館的標本造成最大傷害的，往往是裝卸不當！

博物館圓鰹節蟲
Anthrenus museorum
博物館害蟲，以吃標本的毛皮、皮膚、羽毛為生。

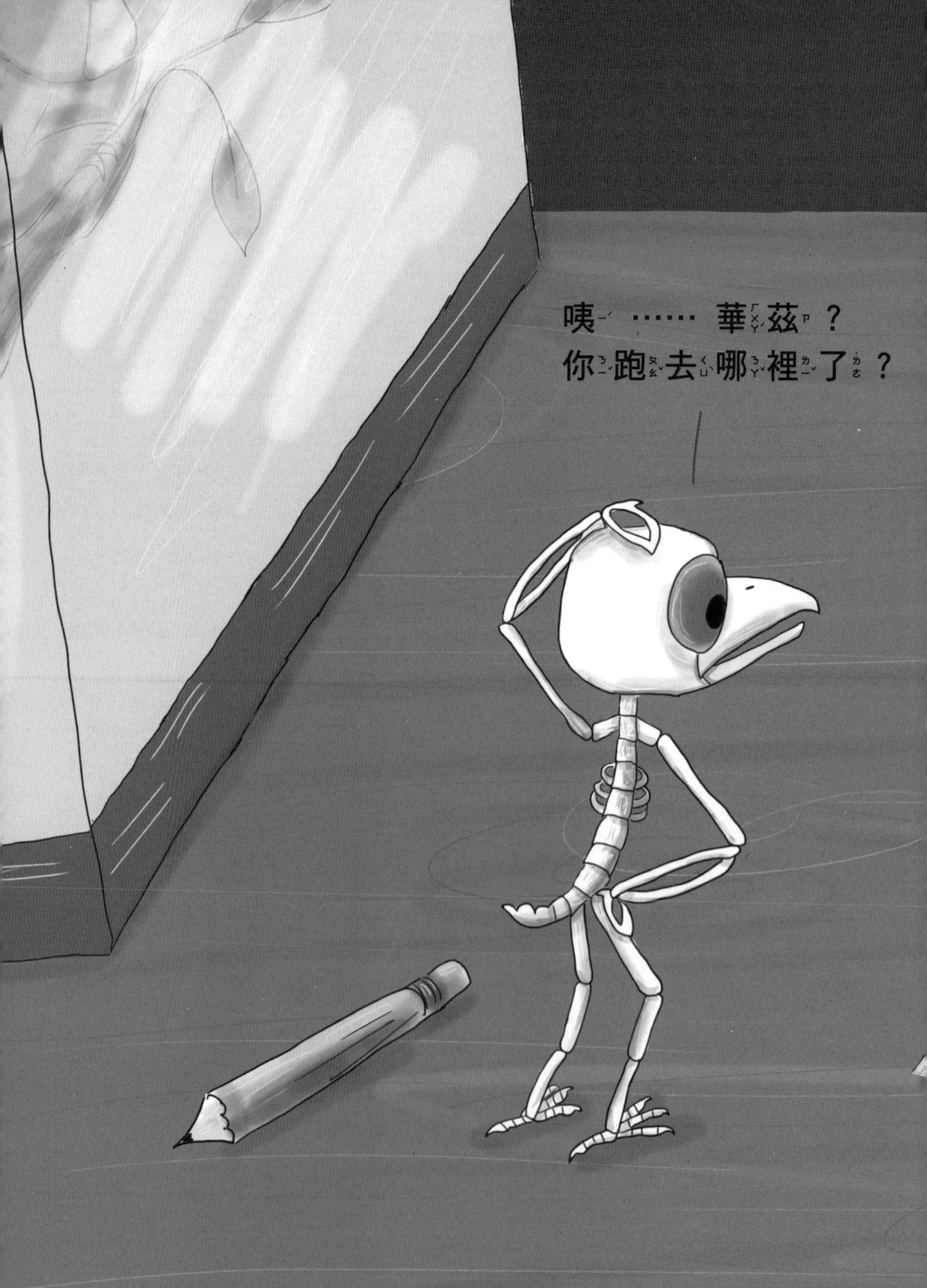
咦……華茲？
你跑去哪裡了？

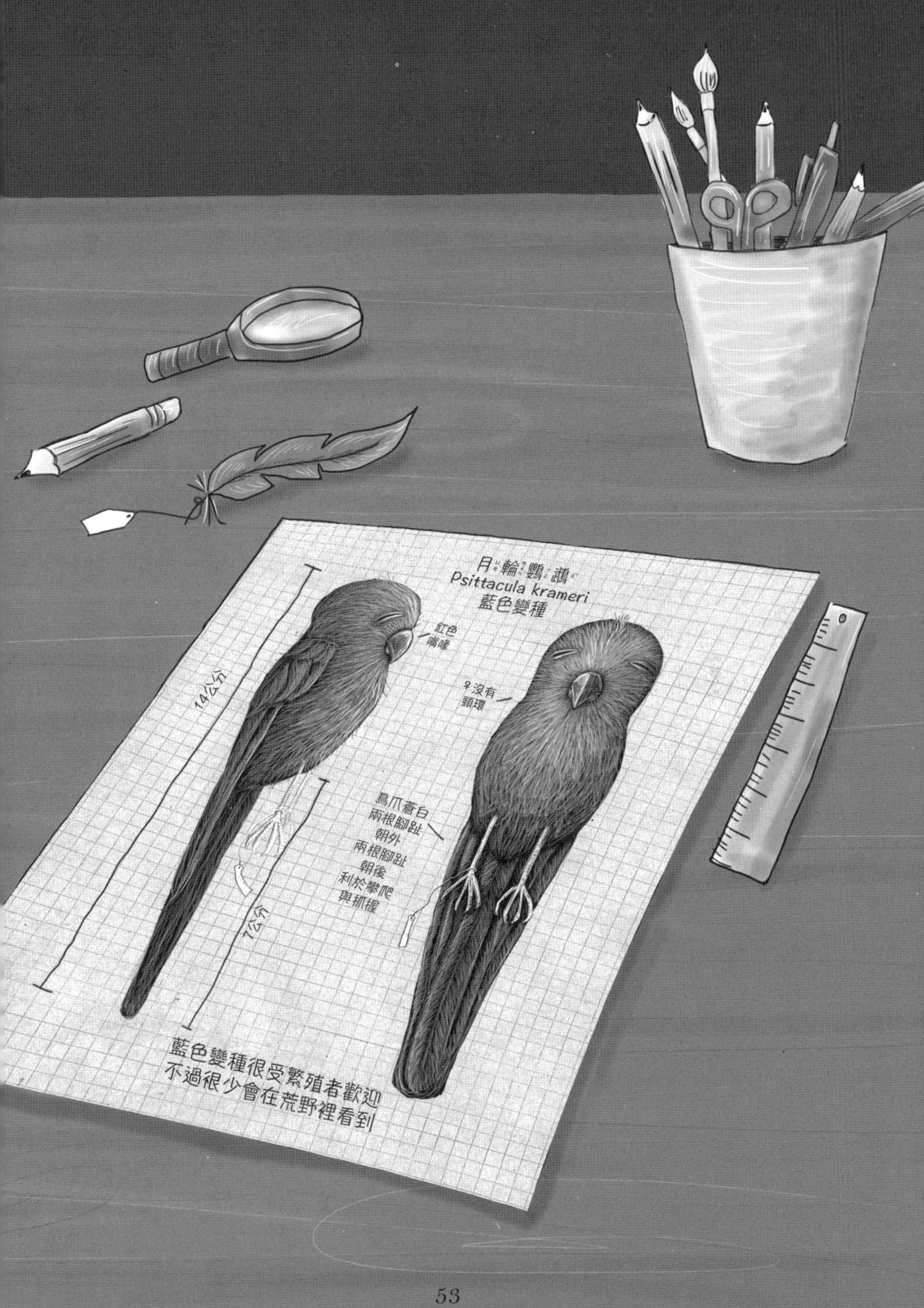
月輪鸚鵡
Psittacula krameri
藍色變種
紅色嘴喙
♀沒有頸環
14公分
7公分
鳥爪蒼白
兩根腳趾朝外
兩根腳趾朝後
利於攀爬與抓握
藍色變種很受繁殖者歡迎
不過很少會在荒野裡看到

第二章
一點點毛茸茸

我是葛瑞絲。
我不是這一帶的人。
事實上，我根本不知道自己現在在哪裡？
可是有人可以聊天，真是太好了。

嘿！那是華茲嗎！？

誰是華茲？
好了，這是哪裡？
喔，對了，我是在一個箱子裡醒來……

在你手裡的那位，就是我的好朋友華茲！

你知道這個漂亮的小東西是標本吧？

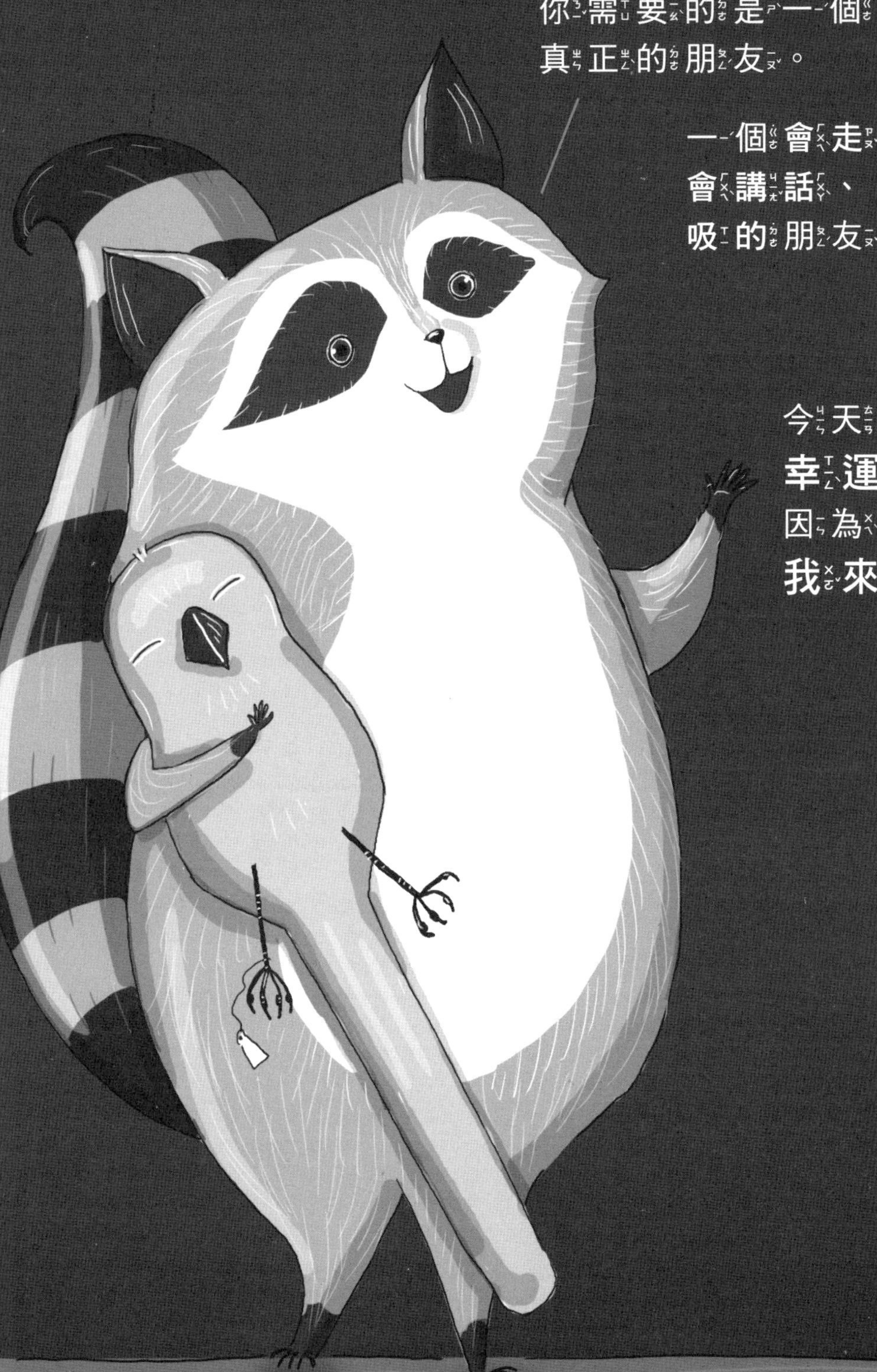

你需要的是一個
真正的朋友。

一個會走路、
會講話、 會呼
吸的朋友。

今天是你的
幸運日，
因為 ……
我來了。

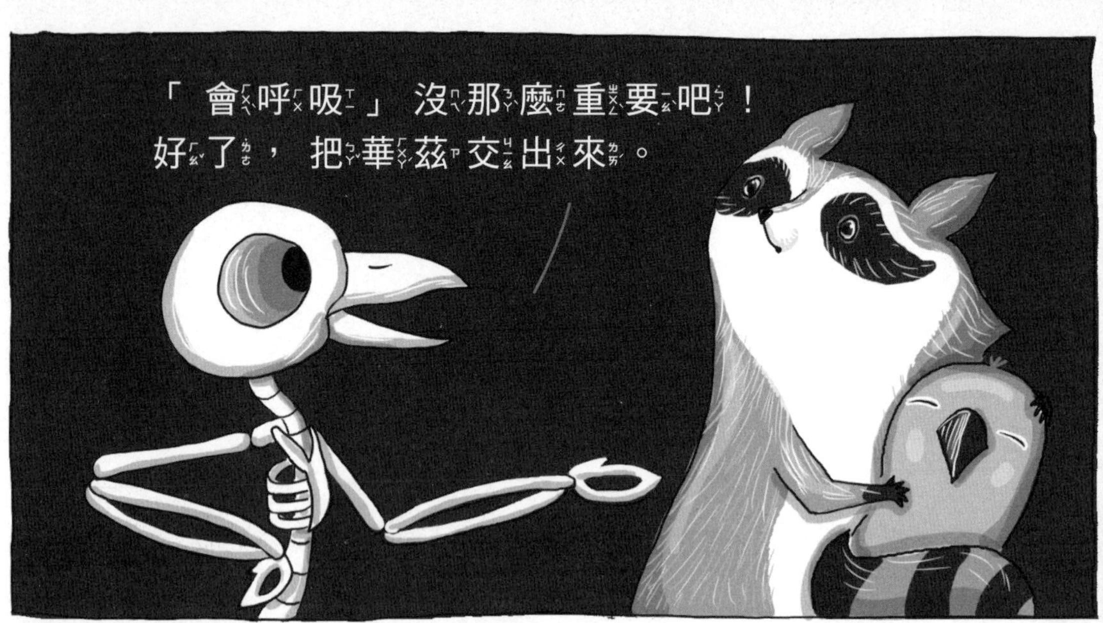

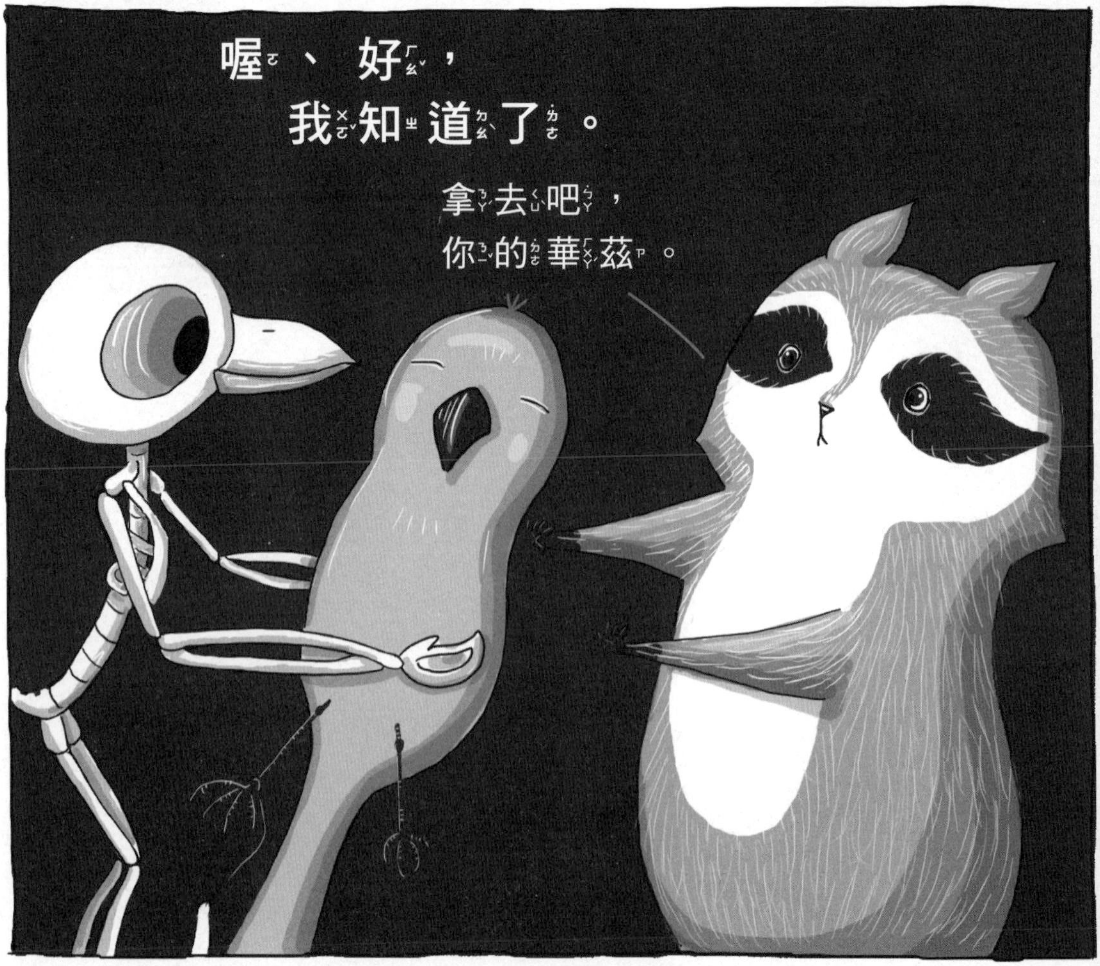

喔、好，
我知道了。

拿去吧，
你的華茲。

唔，那個……

如果你真的想和我們一起打發時間也是沒問題啦！

算了，忘了吧！
我剛剛只是在開玩笑。
反正我也不想和你們這些
無聊的人混在一起。
好了，不好意思，
我真的得走了。

等一下！你知道任何
有關皇家藍鑽的事嗎？

喔，就是那個又大
又亮的東西嗎？

沒錯，就是那亮晶晶
的東西！
而且它還失蹤啦！
就是今天剛被偷走的！

天啊，真可惜。我們浣熊非
常喜歡亮晶晶的漂亮東西。

你為什麼會關心失蹤的鑽石啊？
你是什麼偵探嗎？
嗯，沒錯，
事實上……

你知道嗎？
我決定要叫你
骨爾摩斯。

喔……
聽起來還滿
順耳。

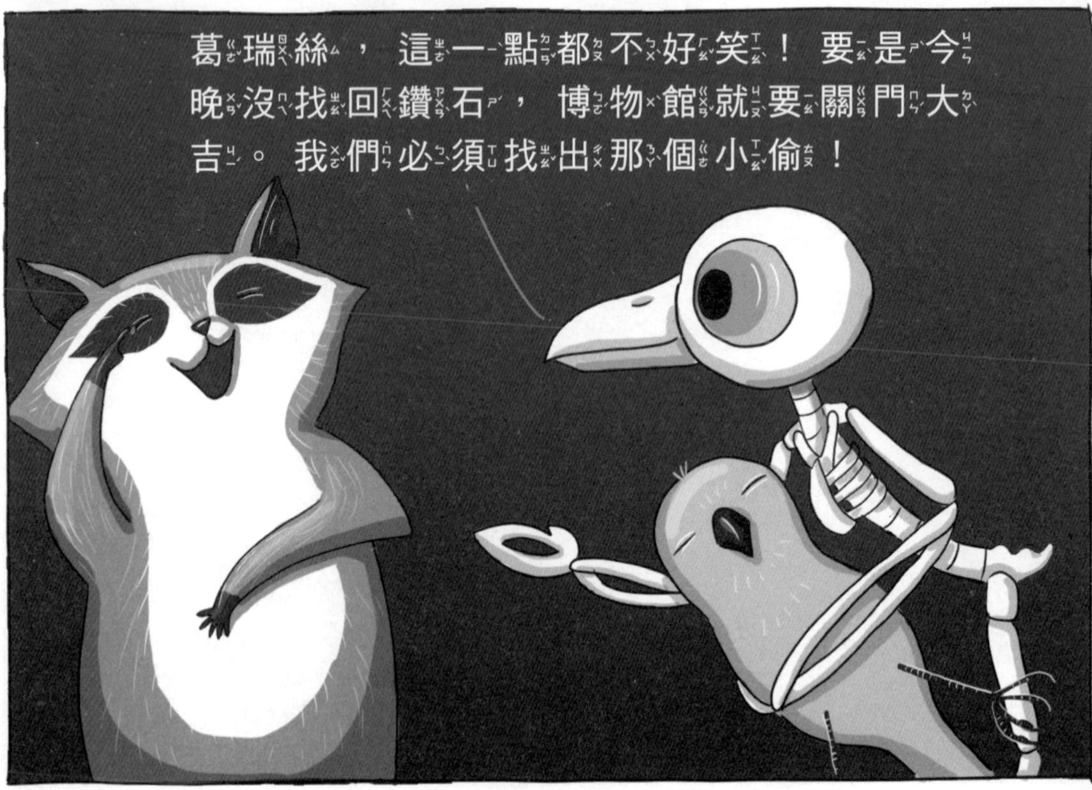

葛瑞絲，這一點都不好笑！要是今晚沒找回鑽石，博物館就要關門大吉。我們必須找出那個小偷！

關於這點，骨爾摩斯我和你的看法不同。其實，我們什麼都不需要做。
不過，我現在需要巧克力，接下來請關注「消失的可可亞案件」。
小心點，葛瑞絲！

你差點就踩扁那一個小傢伙。

難怪他們認為是
鬼魂在偷東西。
老鼠！
天啊，
是老鼠！！
快逃命！！！

只是可愛的老鼠，
葛瑞絲。

離我
遠一點！
天啊！！
老、老、老……鼠！！！

別再偷東西了。
這間博物館麻煩
還不夠多嗎？

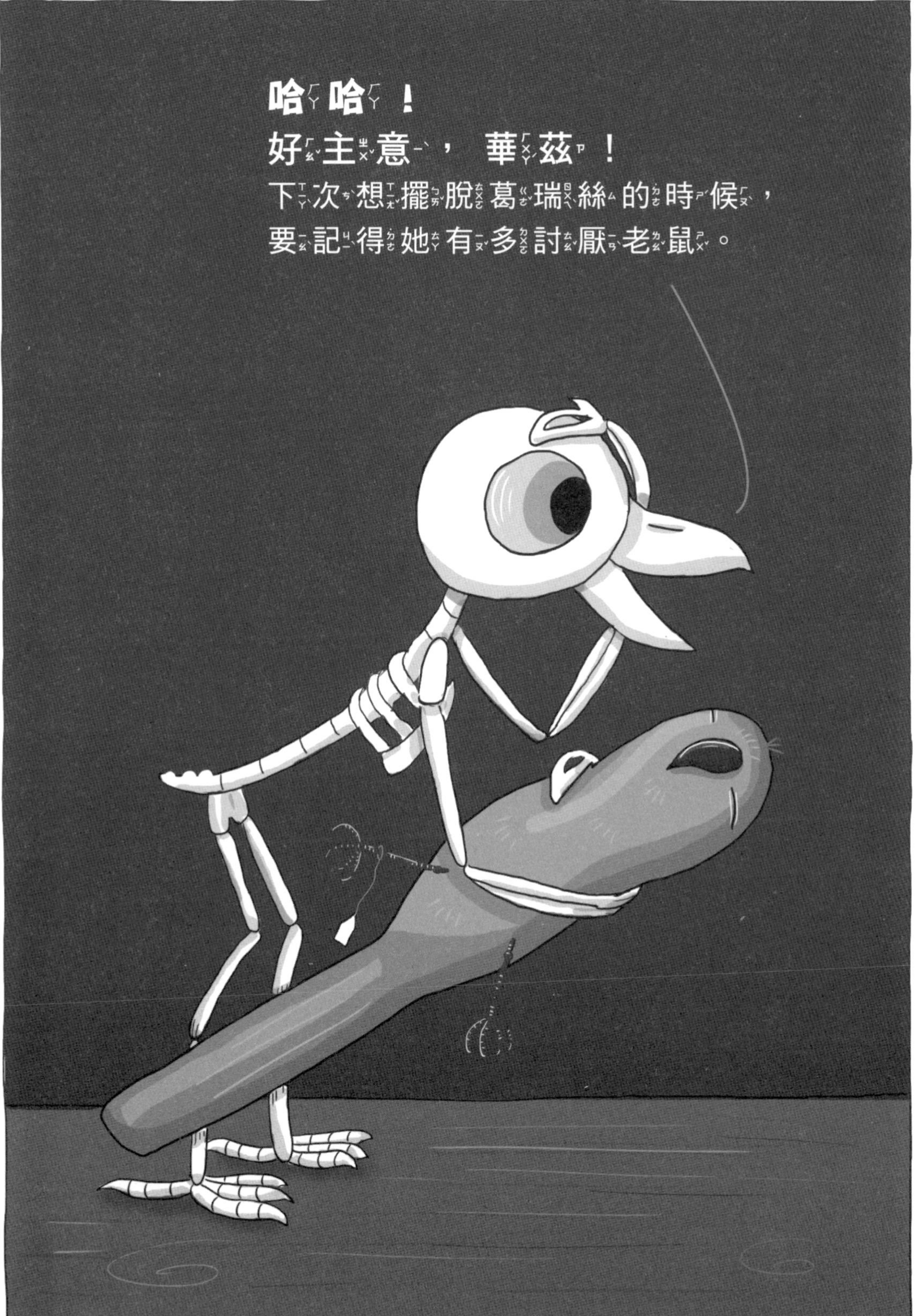
哈哈！
好主意，華茲！
下次想擺脫葛瑞絲的時候，
要記得她有多討厭老鼠。

好了，來吧！
我的好伙伴。
有一個謎團
正等著我們
破解。

對、對、對，我知道我們之前說好不要再捲入博物館的任何事……

可是如果東西一直消失不見，誰曉得這間博物館……

還有我們，以後會怎麼樣？

好主意，華茲。
我們先到犯罪現場去看看吧！

我同意，小偷應該不是從我們展間闖進去的……

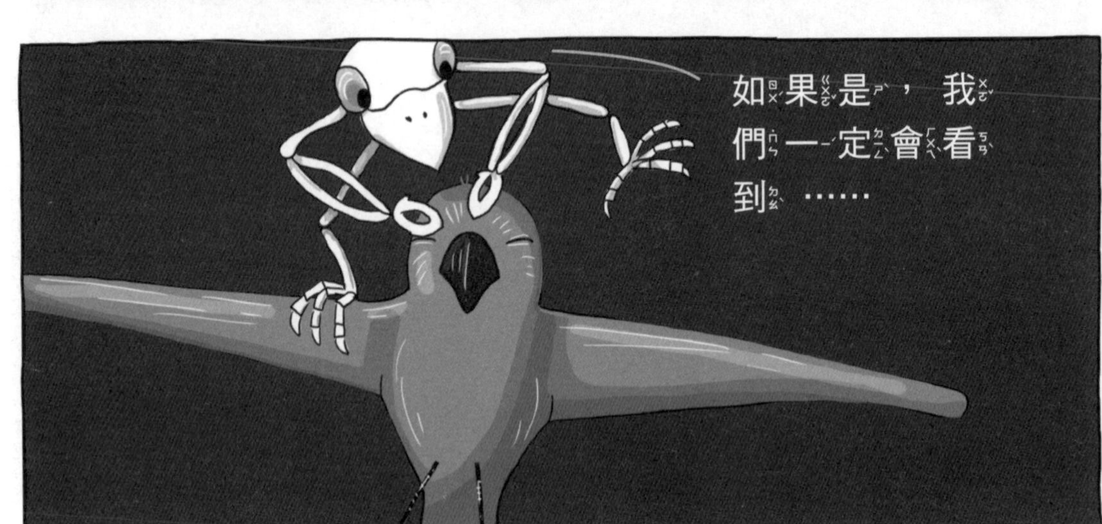
如果是，我們一定會看到……

除非……
他們早就在博物館裡。
所以根本就不用闖進來！

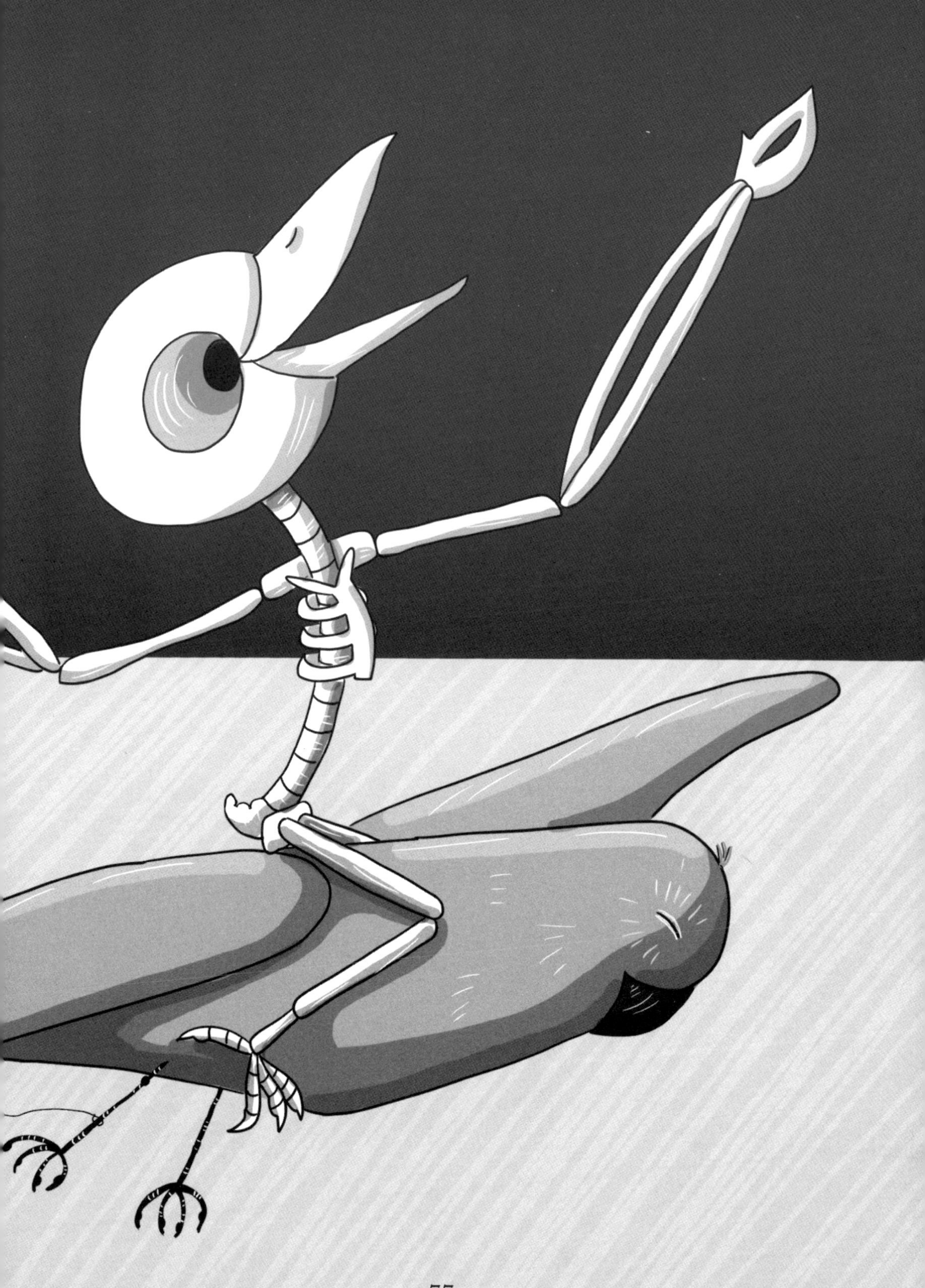

好主意，華茲。
我們還是用走的
好了。

第三章　博物館有鬼！？

華茲， 我不覺得是葛瑞絲。 雖然她看起來有點壞壞的 ……

嗯，她的確也滿煩人的……

……但是她沒偷走任何東西啊。

好，當然。你有你的道理，
至少就我們知道的，
她還沒偷任何東西。

她今天才抵達這裡，怎麼可能偷鑽石？

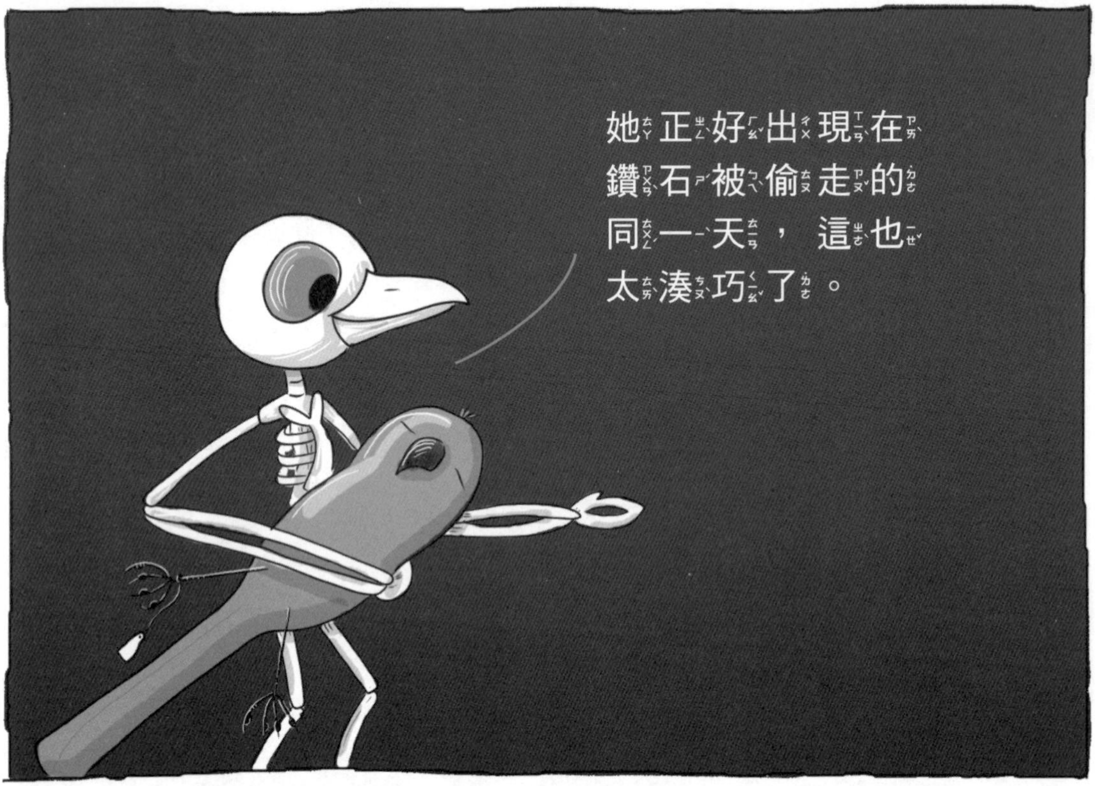

她正好出現在
鑽石被偷走的
同一天，這也
太湊巧了。

褐喉樹懶
Bradypus variegatus
南美洲
草食動物
哺乳類

印度孔雀
Pavo cristatus
南美洲
草食動物
哺乳類

劍角羚羊（幼）
Oryx dammah
非洲
草食動物
哺乳類

黑面高角羚
Aepyceros melampus
非洲
草食動物
哺乳類

好，我同意。
我們可以好好盯
著她……

鯡魚

紅鯡魚

塔斯馬尼亞袋熊
Vombatus ursinus
澳洲
草食動物
有袋類
……雖然我不認為是她做的。

褐喉樹懶
Bradypus variegatus
南美洲
草食動物
哺乳類

印度孔雀
Pavo cristatus
南美洲
草食動物
哺乳類

劍角羚羊（幼）
非洲
草食動物
哺乳類

黑面高角羚
Aepyceros melampus
非洲
草食動物
哺乳類

刺香螺
Busycon carica
採集地：美國，北卡羅來納州

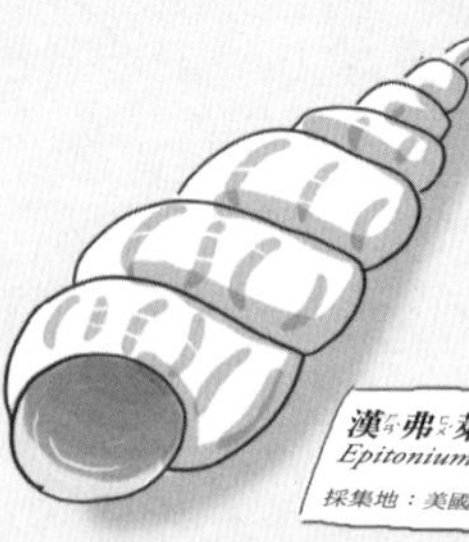

漢弗萊海蛳螺
Epitonium humphreysii
採集地：美國，佛羅里達州

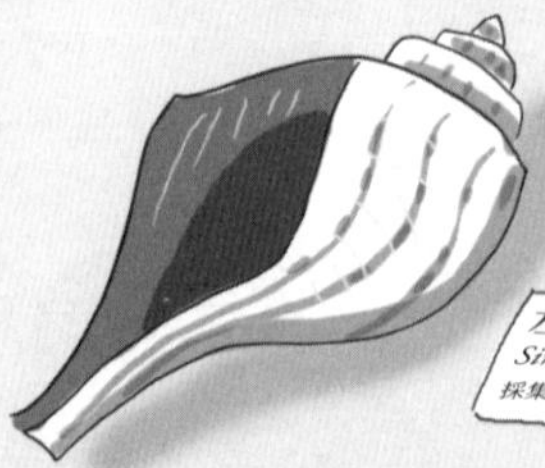

左旋香螺
Sinistrofulgur perversum
採集地：美國，北卡羅來納州

女神渦螺
Scaphella junonia
採集地：美國，佛羅里達州

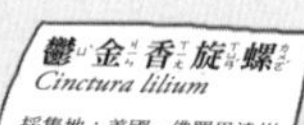

鬱金香旋螺
Cinctura lilium
採集地：美國，佛羅里達州

鈴！
叮鈴！
塔斯馬尼亞袋熊
Vombatus ursinus
澳洲
草食動物
有袋類
咦——喔！
小海蜷
Batillaria minima
采集地：美國．佛羅里達州

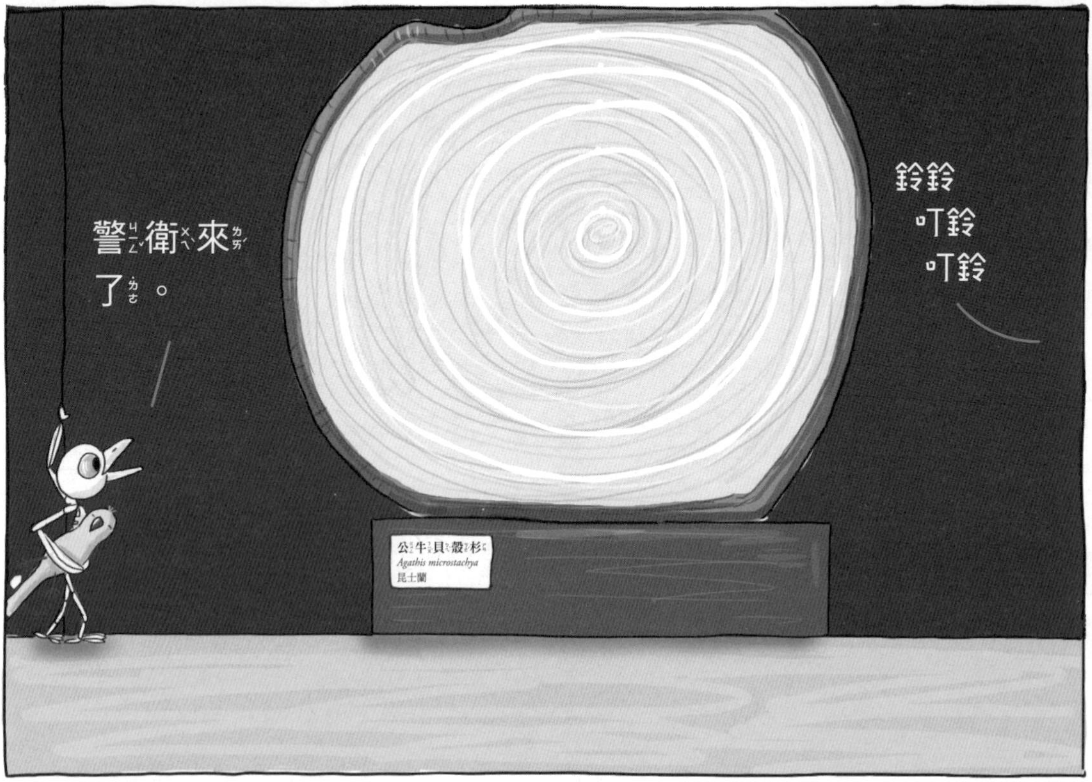

警衛來了。

鈴鈴

叮鈴

叮鈴

公牛貝殼杉
Agathis microstachya
昆士蘭

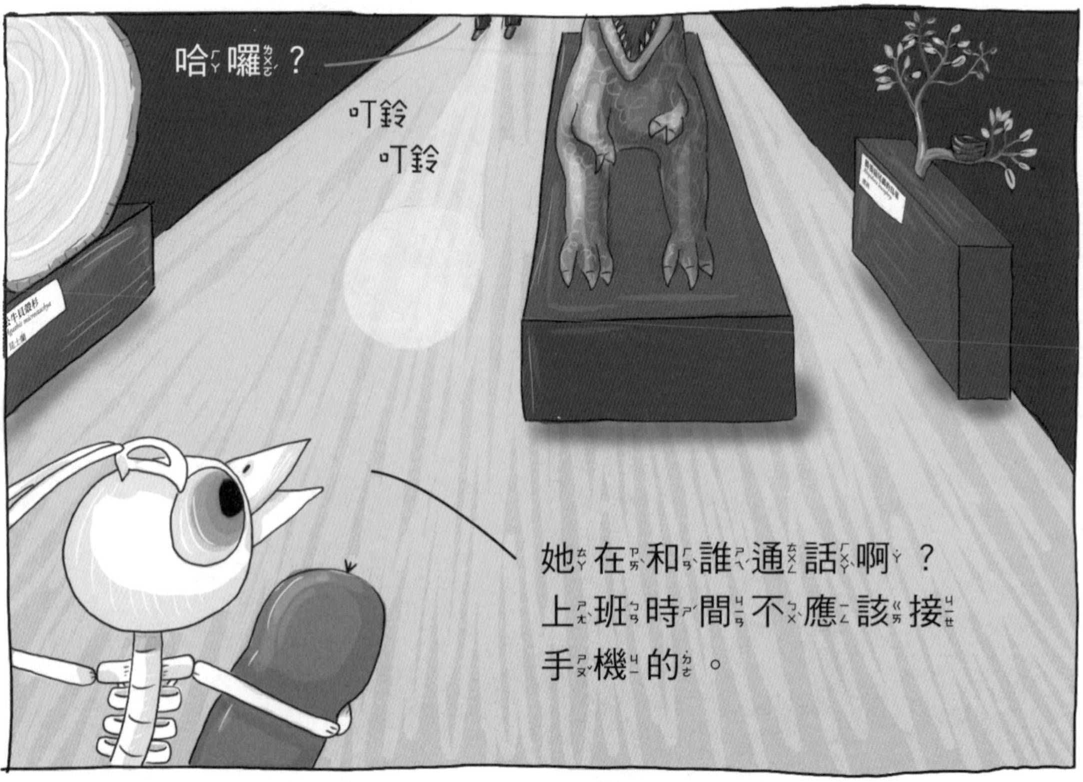

哈囉？

叮鈴

叮鈴

她在和誰通話啊？
上班時間不應該接
手機的。

是，在我這邊。

它現在就放在我的口袋裡……

快、快躲起來！

叮鈴
叮鈴
天啊！一定是在我巡邏的時候掉了。
哪裡都有可能！
鶺鴒扇尾鶲的鳥巢
Rhipidura leucophrys
澳洲

好，我知道要是我沒找到，麻煩就大了。

相信我，我會找到的，好嗎？再見。

叮鈴
叮鈴

哇！

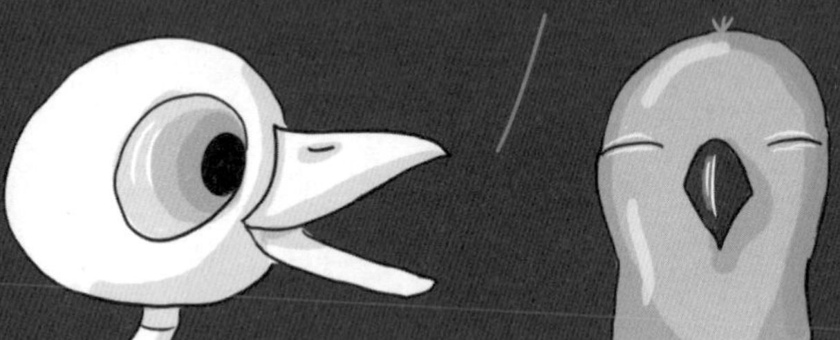

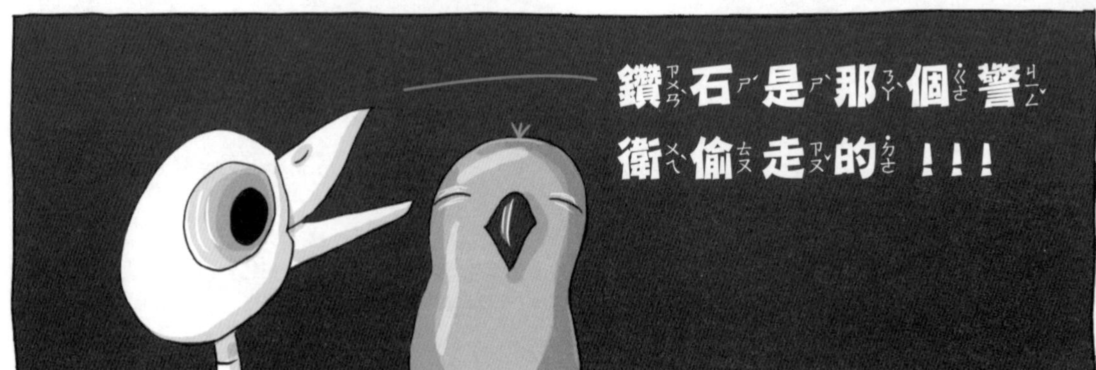

鴒扇尾鶲的鳥巢
hipidura leucophrys
洲
嗯，是沒錯啦！
她沒直接提到
「鑽石」……
我想她在找的能
是任何東西……
可是，聽起來
還是很可疑。
真的超可疑！

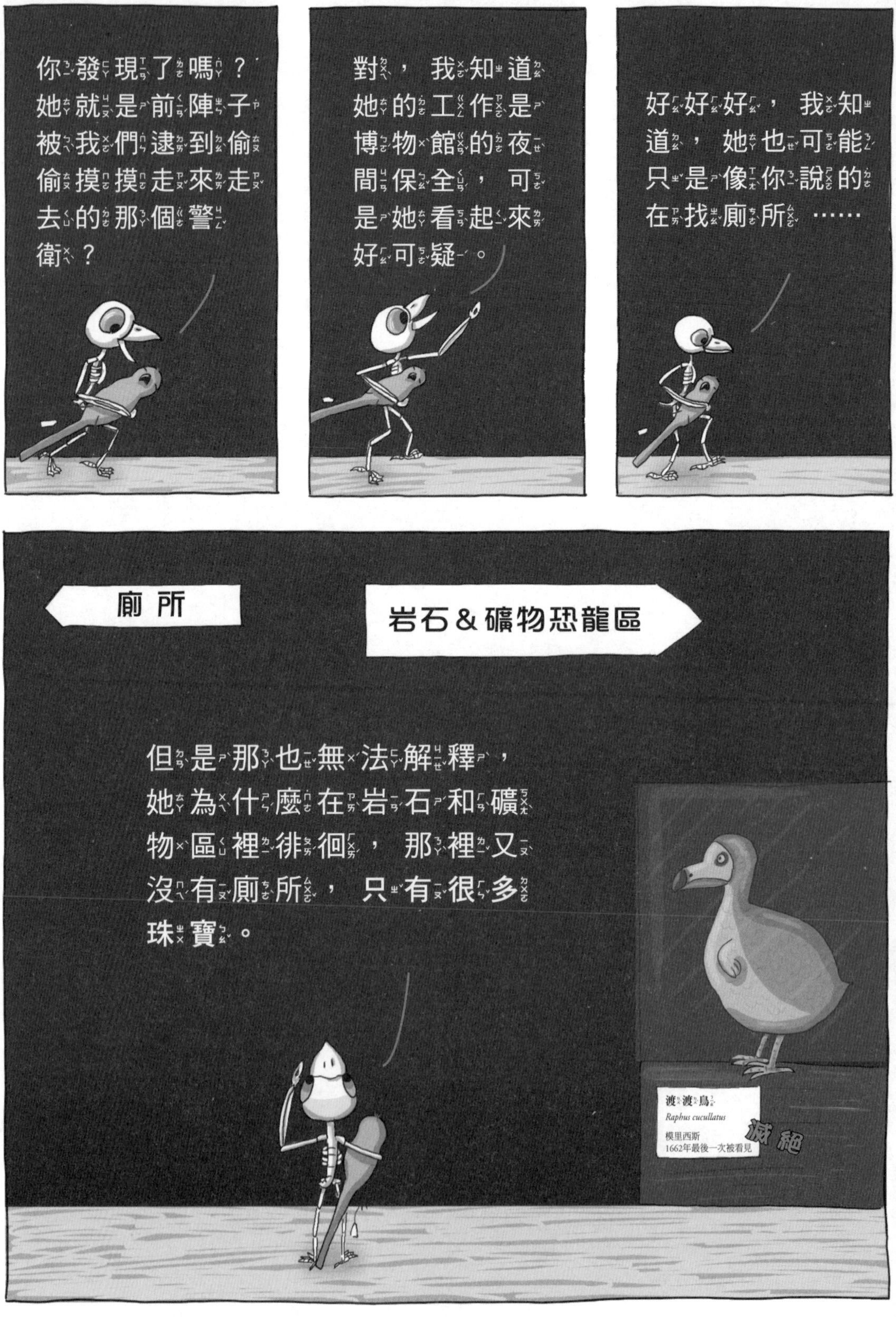

廁所

岩石＆礦物恐龍區

但是那也無法解釋，她為什麼在岩石和礦物區裡徘徊，那裡又沒有廁所，只有很多珠寶。

渡渡鳥
Raphus cucullatus
模里西斯
1662年最後一次被看見

滅絕

你記得她上次看到我們的那個表情嗎？

就算用鑽石也換不到呢！

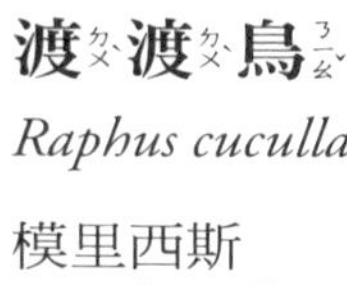

1860年代佩珀爾幻象

Ⓐ 透明玻璃
Ⓑ 鏡子
Ⓒ 真正的或投射的影像

他們怎麼辦到的？
在一個小小的暗房裡，製造出「鬼魂」。利用鏡子將鬼魂的影像反射到透明玻璃，玻璃上就會出現一個幽魂般的影像。

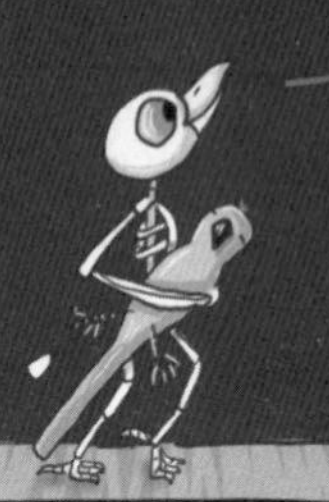

自從那晚之後，她四處宣傳博物館有鬼，還說她晚上都會聽到令人害怕的聲響。

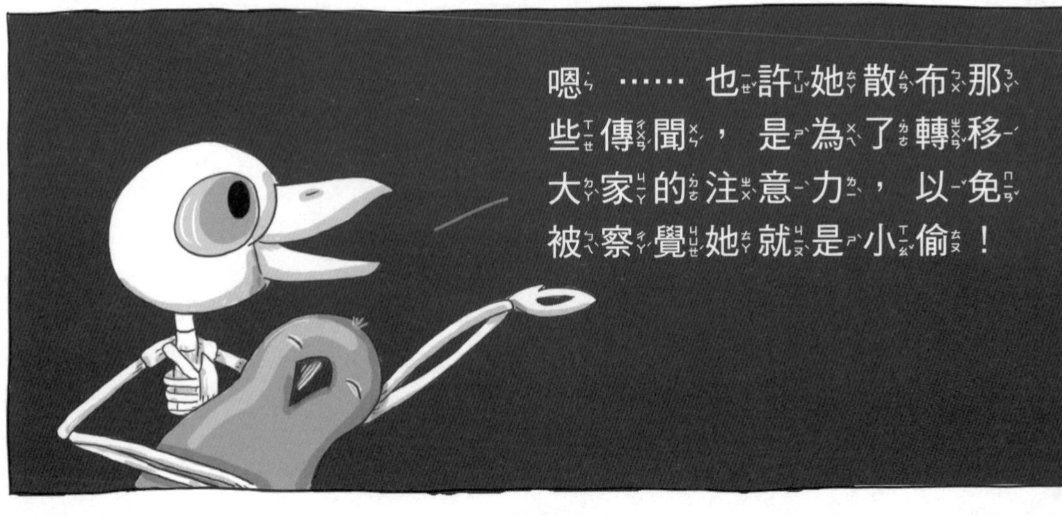

所有人包括警察都相信她。

可是怎麼會有鬼魂小偷？

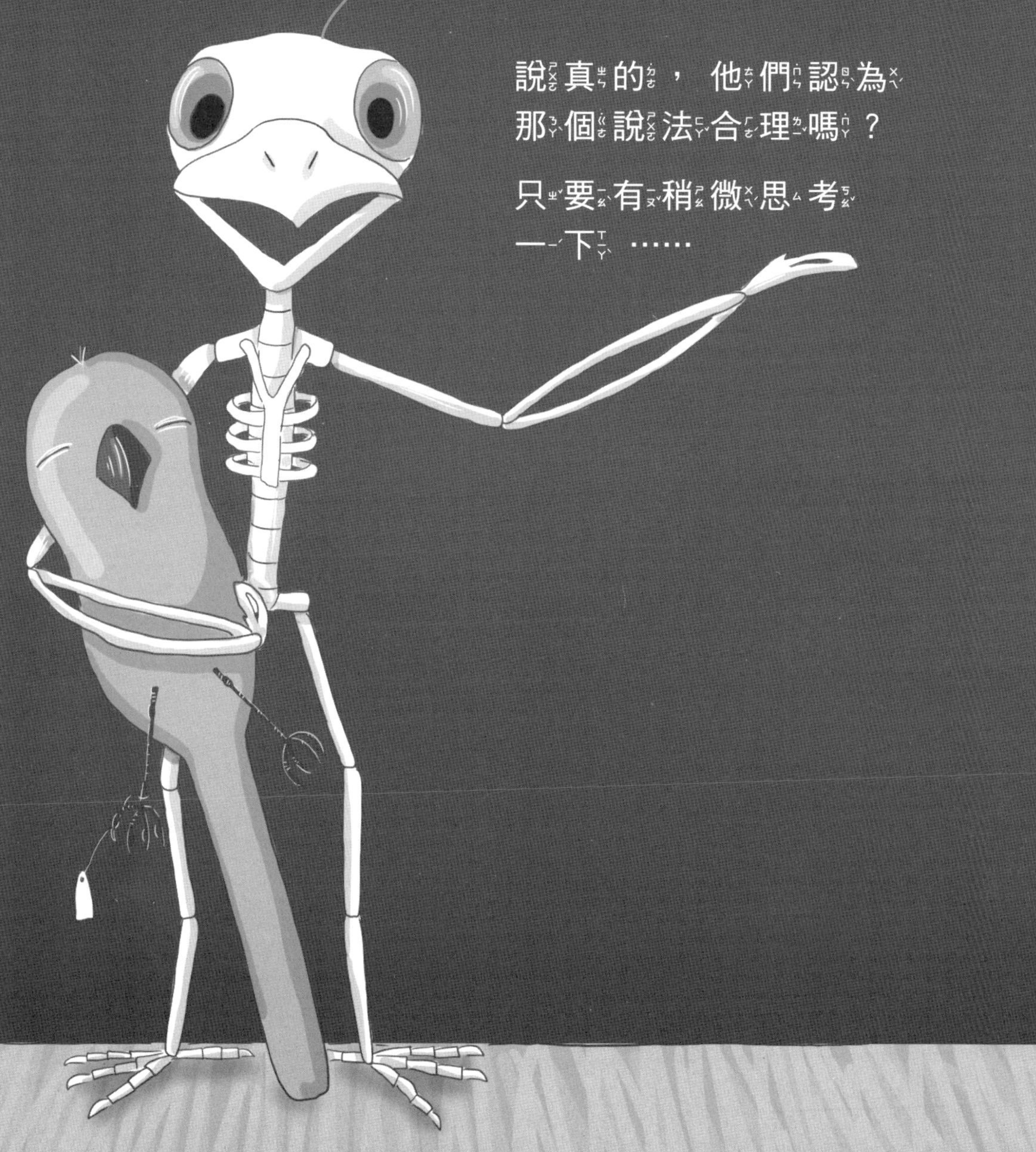

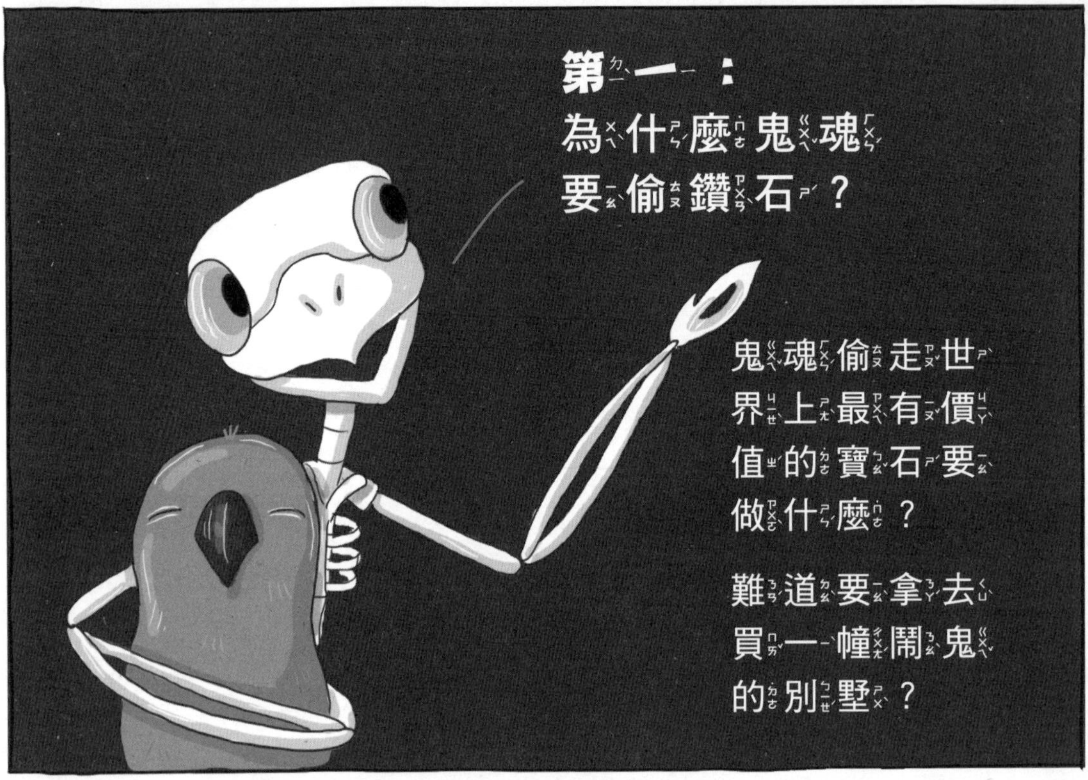

第一：
為什麼鬼魂要偷鑽石？

鬼魂偷走世界上最有價值的寶石要做什麼？

難道要拿去買一幢鬧鬼的別墅？

第二：
鬼魂要怎麼偷鑽石？

那顆鑽石又重又扎實跟鬼魂不一樣。

連我有一身健全強壯的骨頭都搬不動了。

來自世界各地的鬼故事

飛行荷蘭人

神祕的幽靈船，傳說它從來都靠不了港，被迫永遠航行於海洋上。

馬和馬車

世界各地都有幽靈馬拉著舊式馬車的傳說。有些傳說聲稱，那些幽靈馬甚至會留下腳印！

被附身的獵犬

在歐洲和美洲有人相信，怪物似的幽靈犬看守著死後世界。

嗯……華茲，你覺得鬼魂到底是什麼做的？

空氣？

水霧？

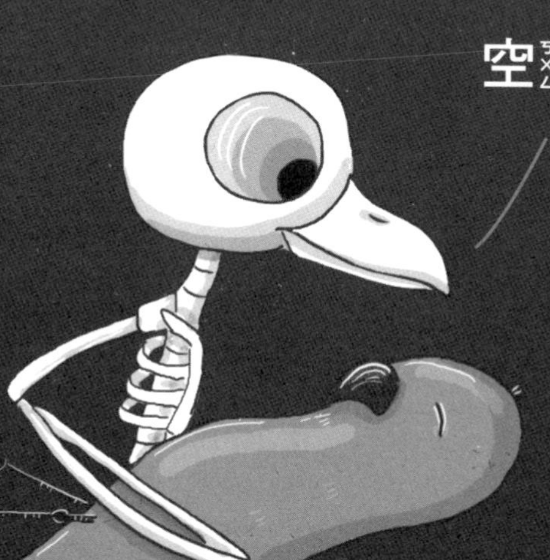

有道理，華茲。
那就完全解釋了，警察為什麼
遲遲找不到線索。

等等！

這樣沒幫助啊！

她認為我們是鬼魂，記得嗎？
我們根本沒偷那顆鑽石！

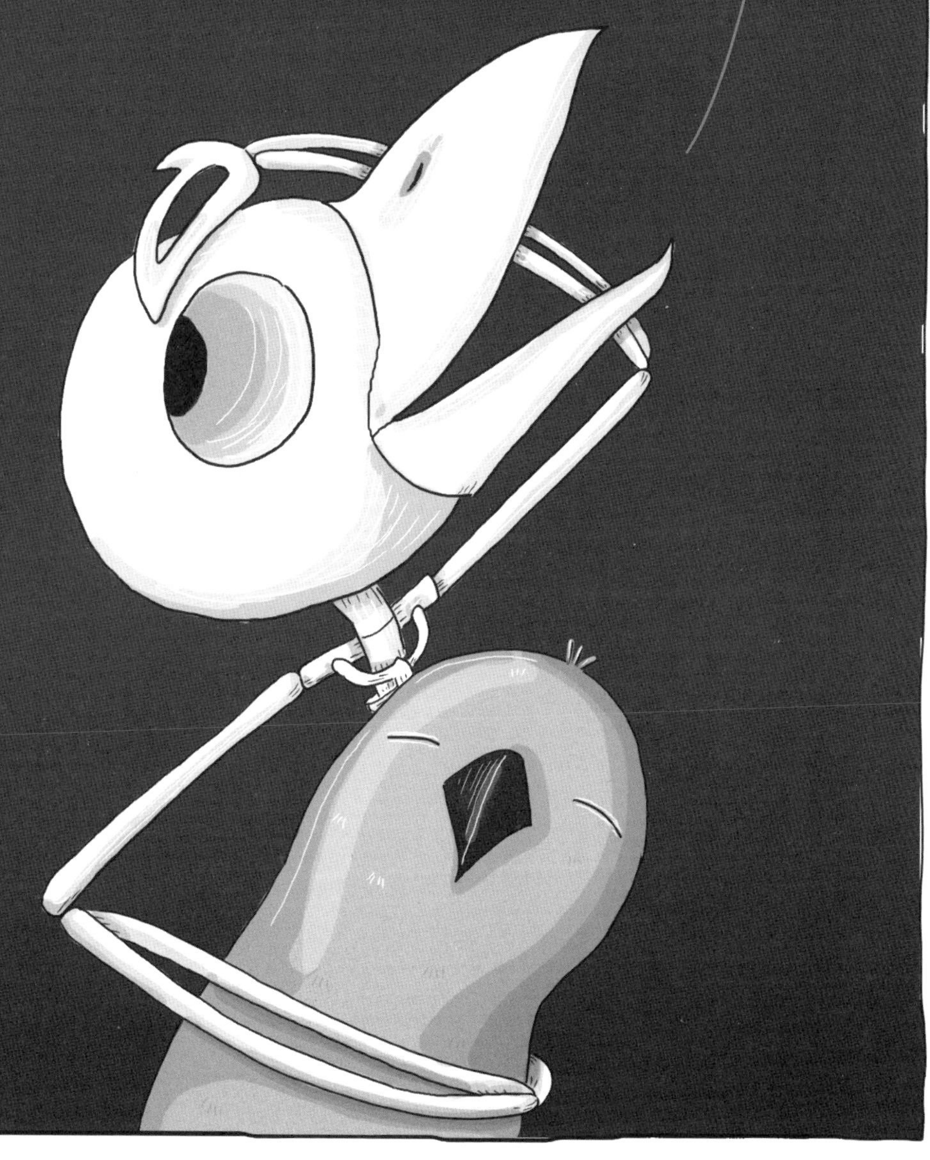

第四章
家族關係

強大的
中生代

喔！
恐龍，我的最愛！
我們進去看看。
嗯，說不定竊賊之
前是從窗戶闖進來
的……

不過，博物館當時開放著，所以竊賊也可能是從大門走進來的……

……但是我們還是檢查一下吧。
順便和我們的「親基」打聲招呼。

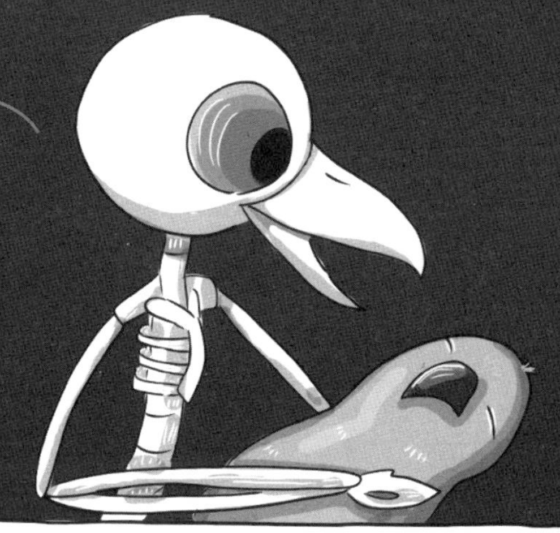
我的意思是「親戚」。
華茲，你知道你的口音也不是很好懂吧！

啊ㄚ……啊ㄚ……啊ㄚ……

鳥類是從恐龍演化

鳥類是獸腳類恐龍的後裔，也就是雙腳像鳥的兩腿恐龍。

有些恐龍有羽毛，最初可能是為了禦寒。

而來的嗎？

恐龍大大縮小了身型。

恐龍演化出強壯的胸骨，能用來支撐飛行的肌肉。

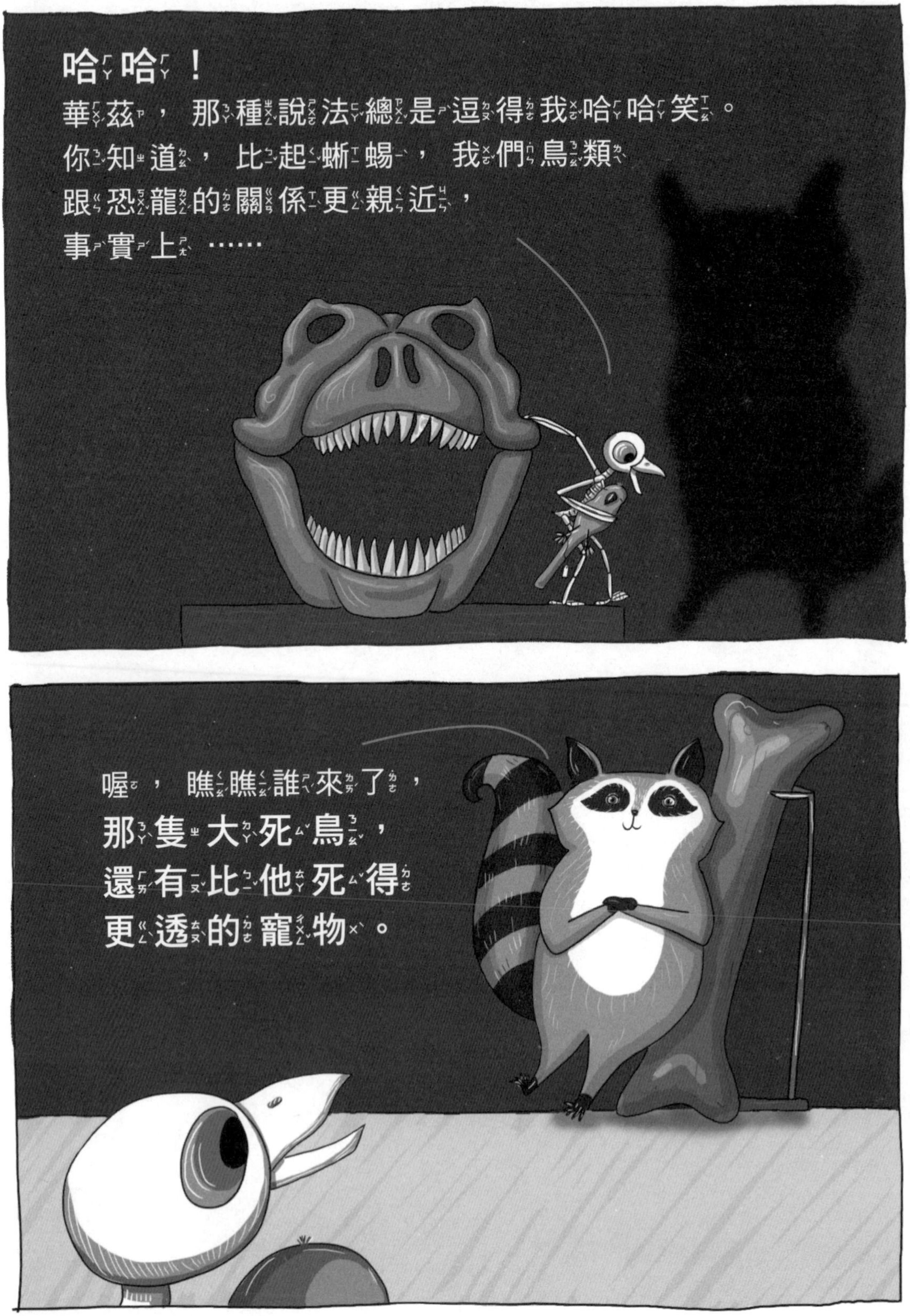

哈哈！
華茲，那種說法總是逗得我哈哈笑。
你知道，比起蜥蜴，我們鳥類
跟恐龍的關係更親近，
事實上……

喔，瞧瞧誰來了，
那隻大死鳥，
還有比他死得
更透的寵物。

嗯，其實沒那麼難找到，如果你懂我意思。

她在說她自己，還是……

和馬車
界各地都有幽靈馬拉著舊式馬車的
說。有些傳說聲稱，那些幽靈馬甚
會留下腳印！

被附身的獵犬
在歐洲和美洲有人相信，怪物似的幽靈犬
看守著死後世界。

叮鈴
叮鈴

唉唷！又是那個警衛。

總之，不好意思，我找到了博物館館長收藏的祕密巧克力。很好吃喔！

你要偷館長的東西？你瘋了嗎？

什麼嘛？我是為他好，他不應該吃這麼多甜食。

啊嘟答——勒？

啊嘟答——勒？

啊嘟答——勒？
這是什麼意思啊？

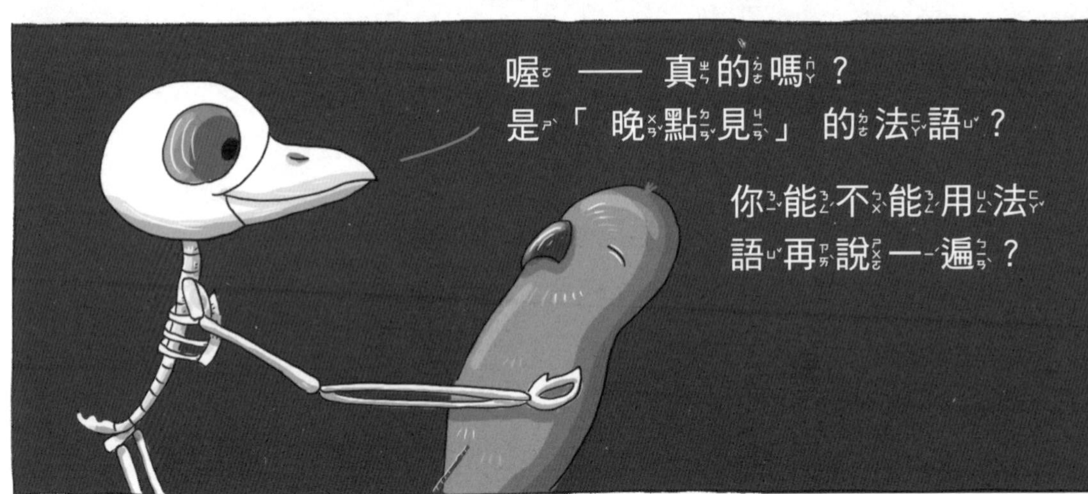
喔——真的嗎？
是「晚點見」的法語？
你能不能用法語再說一遍？

你說的有理。
「À tout à l'heure」聽起來確實很像「啊嘟答——勒」。

我不知道你會說法語。我還以為你是來自印度的月輪鸚鵡。

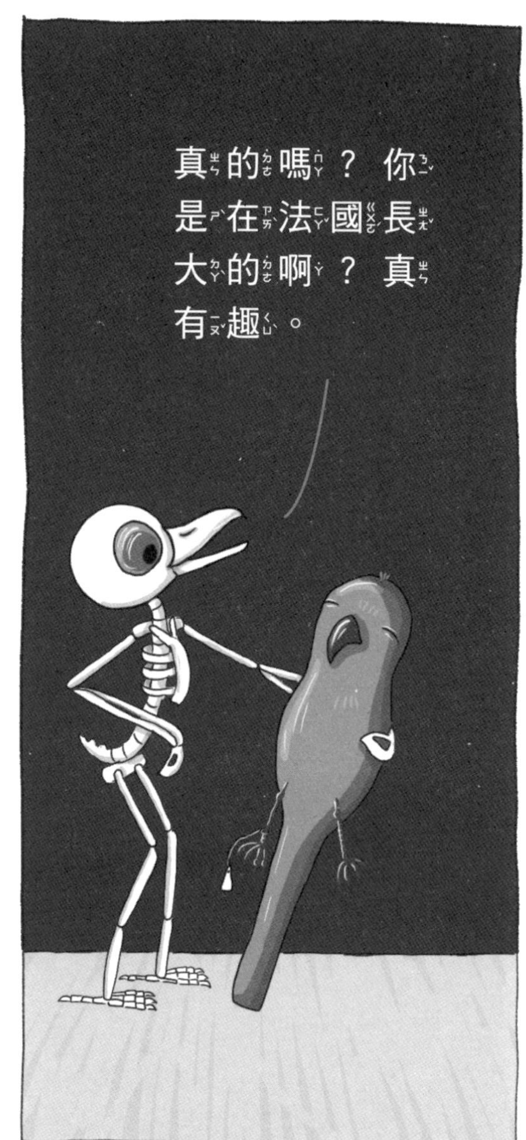
真的嗎？你是在法國長大的啊？真有趣。

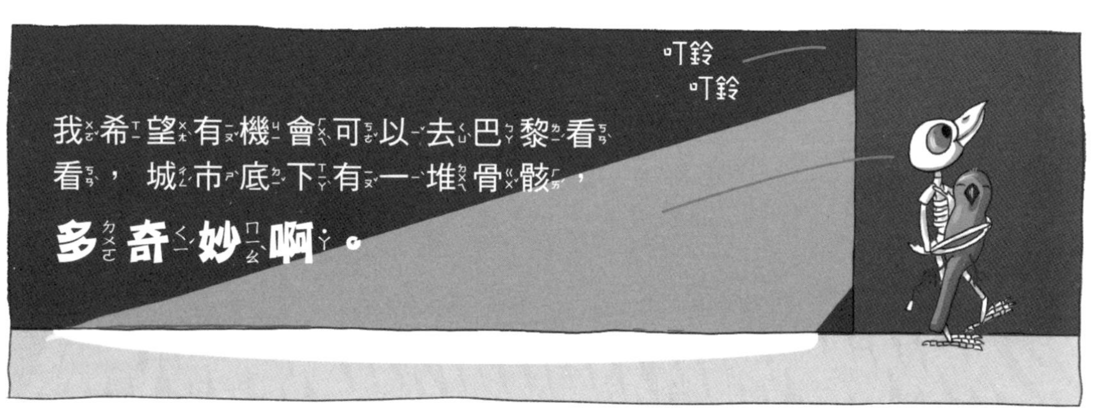
叮鈴
叮鈴
我希望有機會可以去巴黎看看，城市底下有一堆骨骸，多奇妙啊。

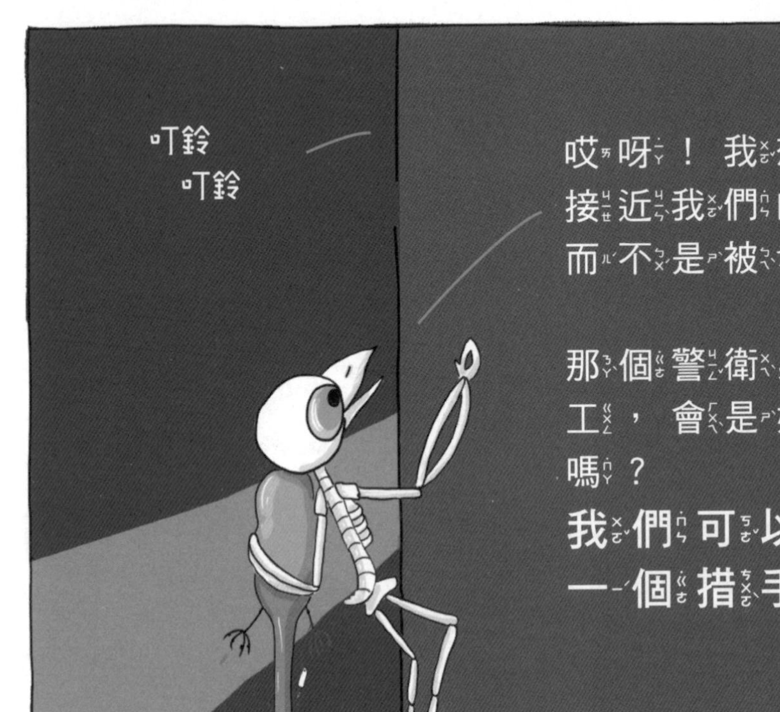

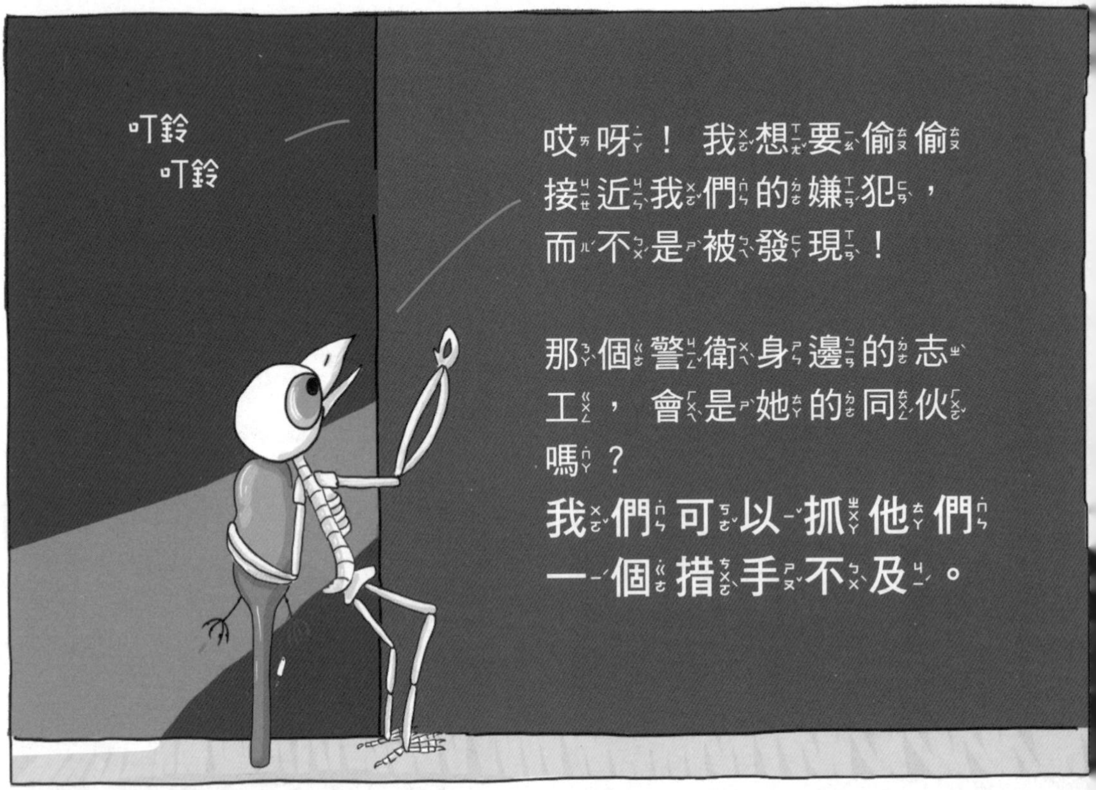

你說的對！我們得找個地方躲起來暗中監視。

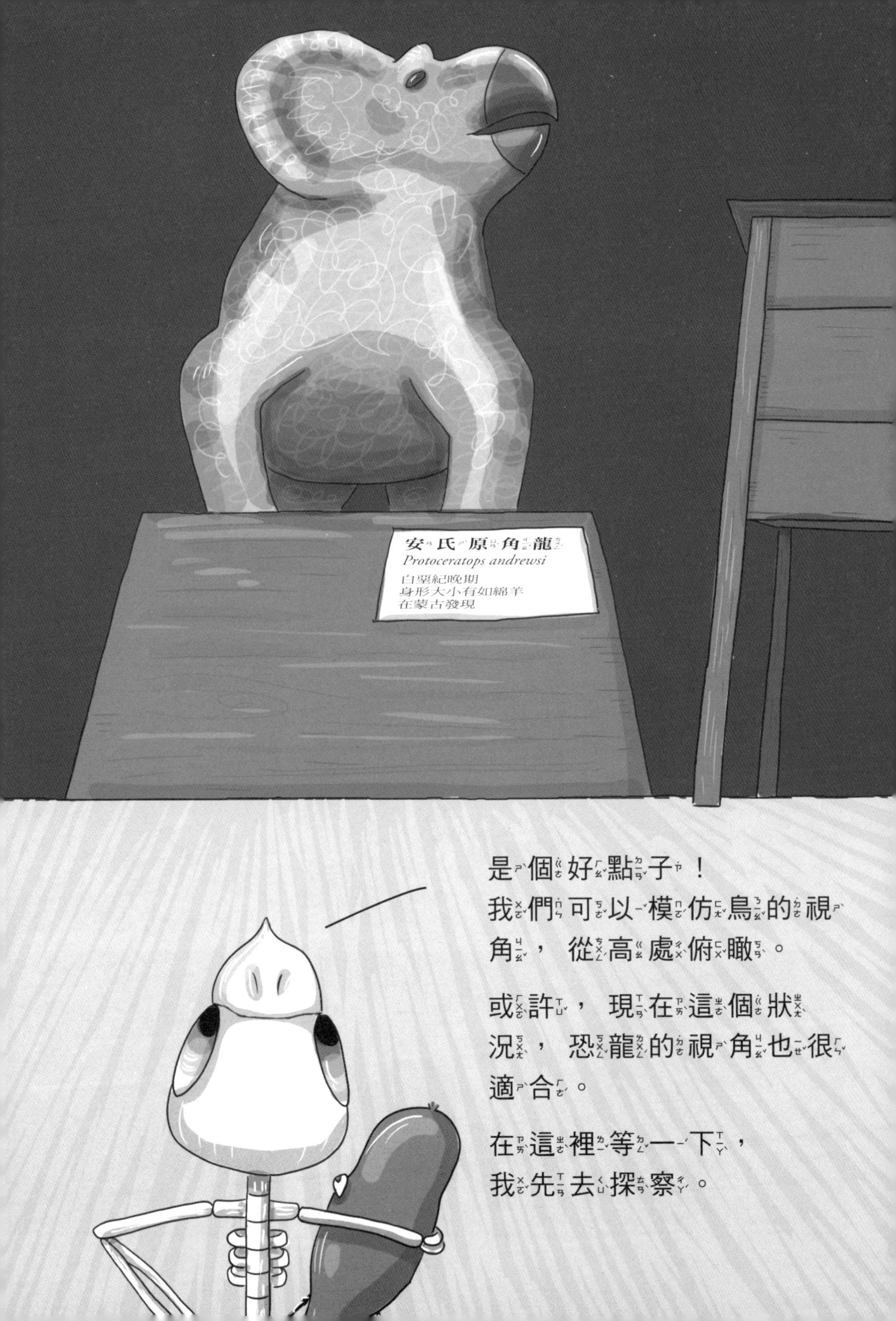

安氏原角龍
Protoceratops andrewsi
白堊紀晚期
身形大小有如綿羊
在蒙古發現

是個好點子！
我們可以模仿鳥的視角，從高處俯瞰。

或許，現在這個狀況，恐龍的視角也很適合。

在這裡等一下，
我先去探察。

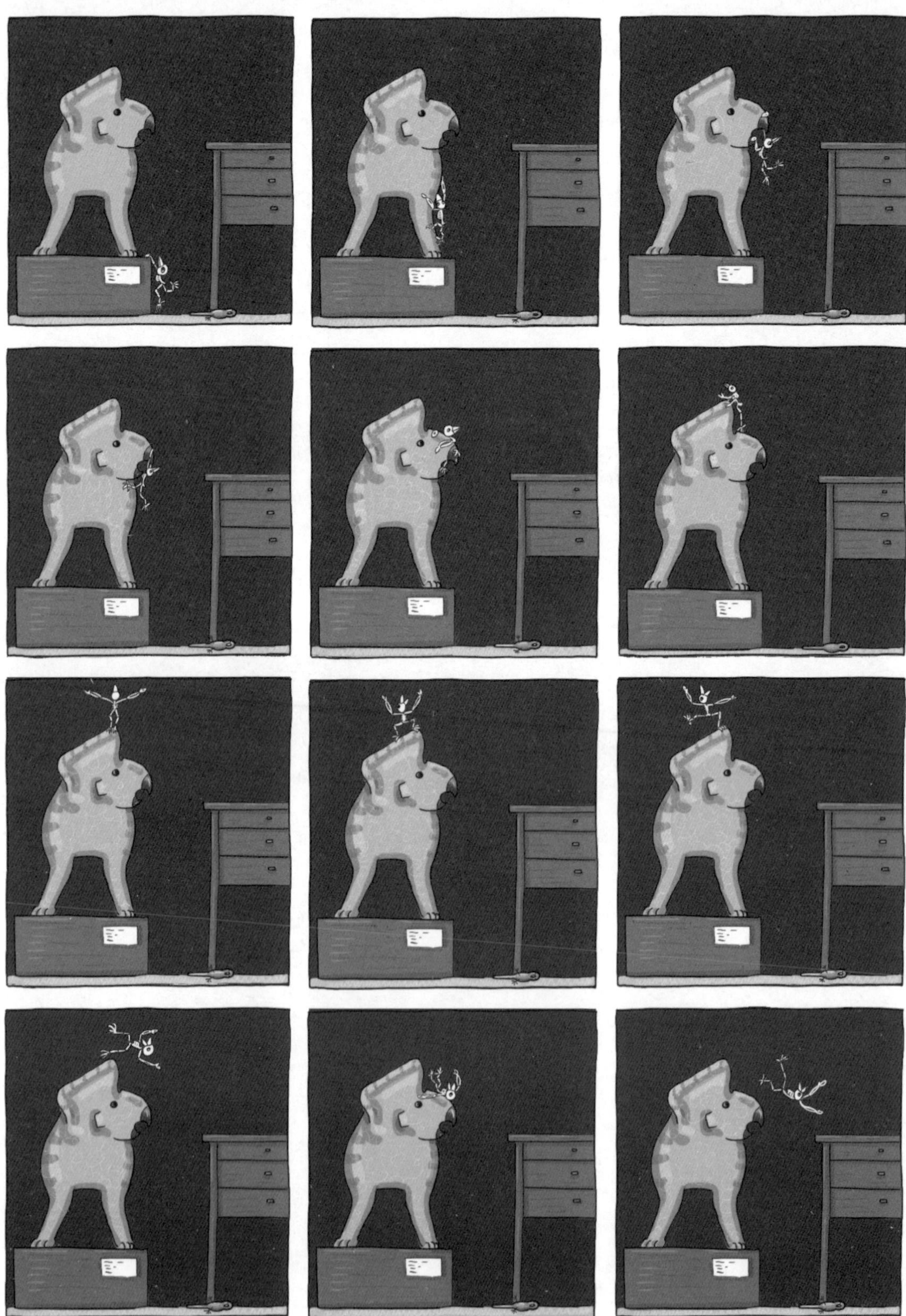

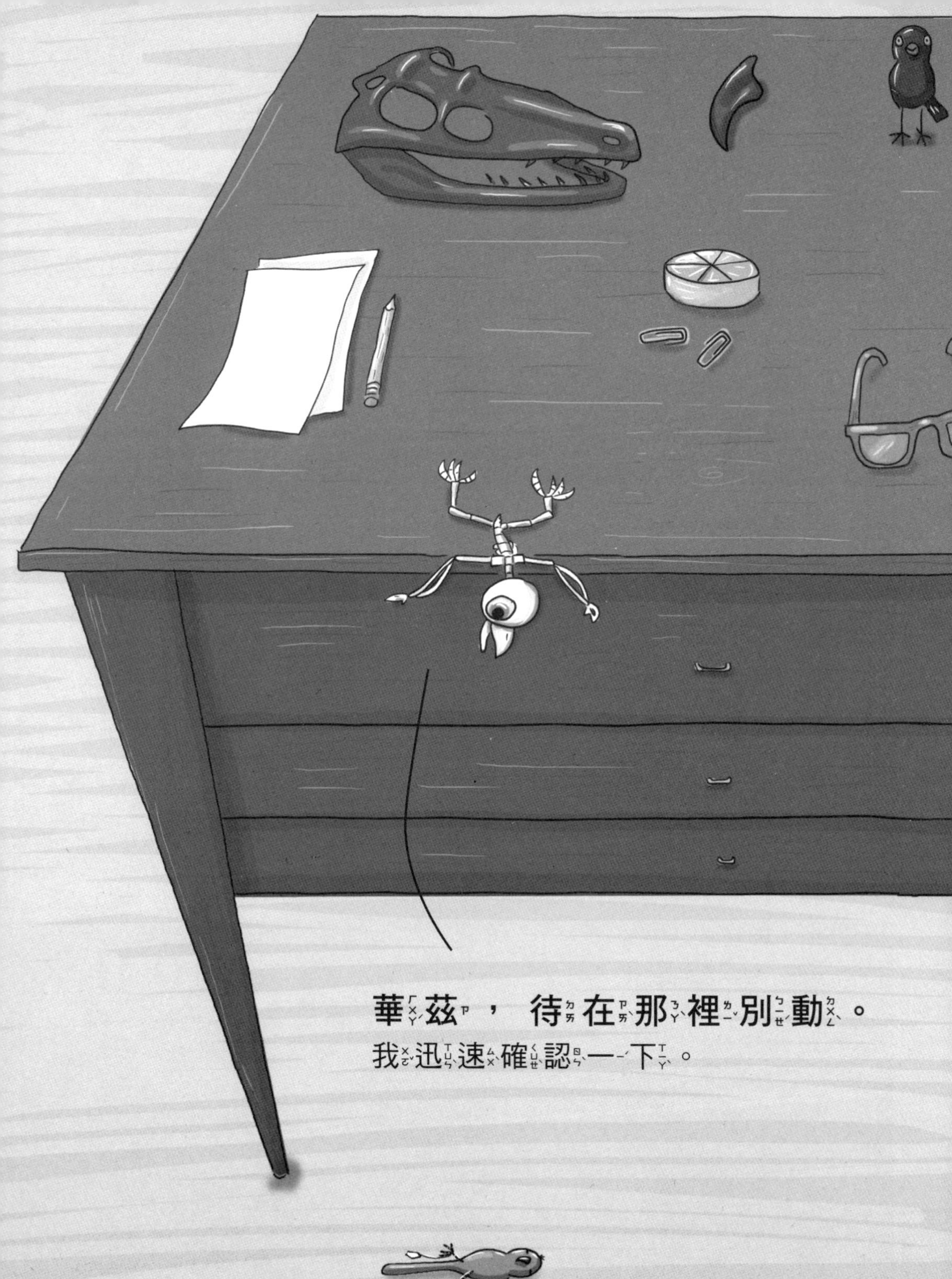

華茲，待在那裡別動。

我迅速確認一下。

鉛筆是我最喜歡的道具。
彩虹迴紋針

你永遠不知道什麼時候要在水底寫東西，或是在太空中做筆記……或是拿來戳某個物品。

仔細想想，那對我們找鑽石似乎沒什麼幫助。除非我要畫一顆新的鑽石。
彩虹迴紋針

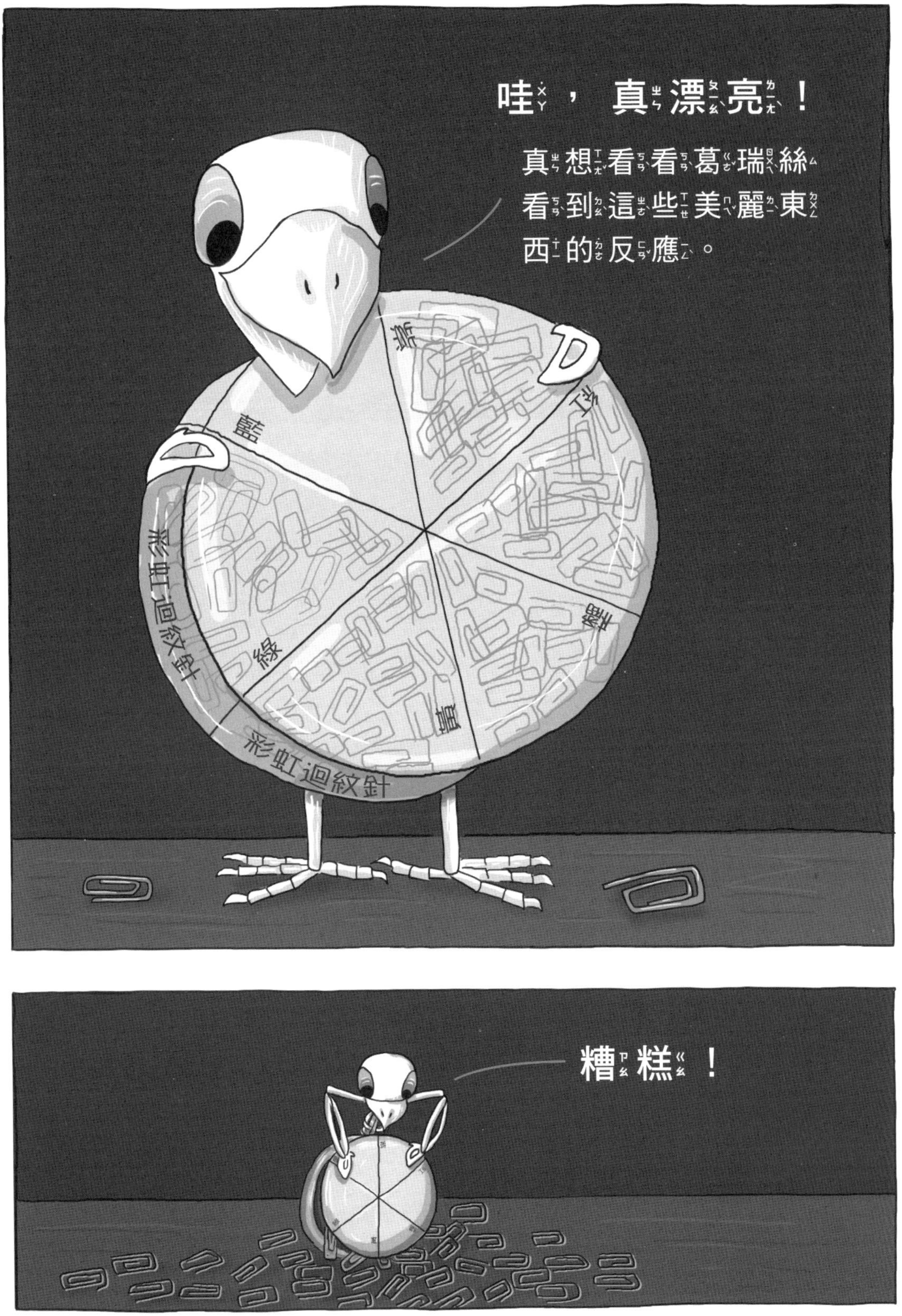

哇，真漂亮！

真想看看葛瑞絲看到這些美麗東西的反應。

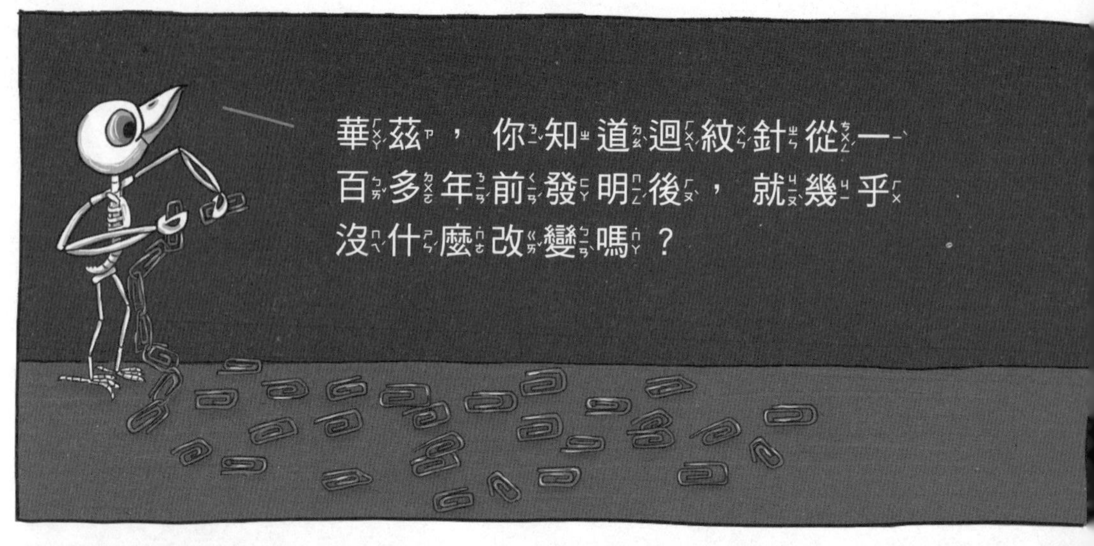
華茲，你知道迴紋針從一百多年前發明後，就幾乎沒什麼改變嗎？

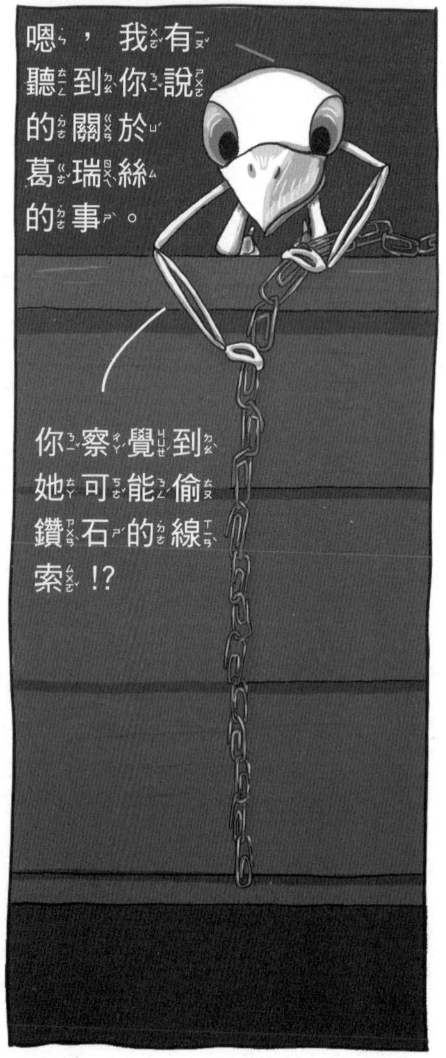
嗯，我有聽到你說的關於葛瑞絲的事。
你察覺到她可能偷鑽石的線索!?

可是我就是不覺得……

好了，看看這些
花俏的顏色。
二十世紀初期可沒
有這樣的迴紋針。
叮鈴
叮鈴

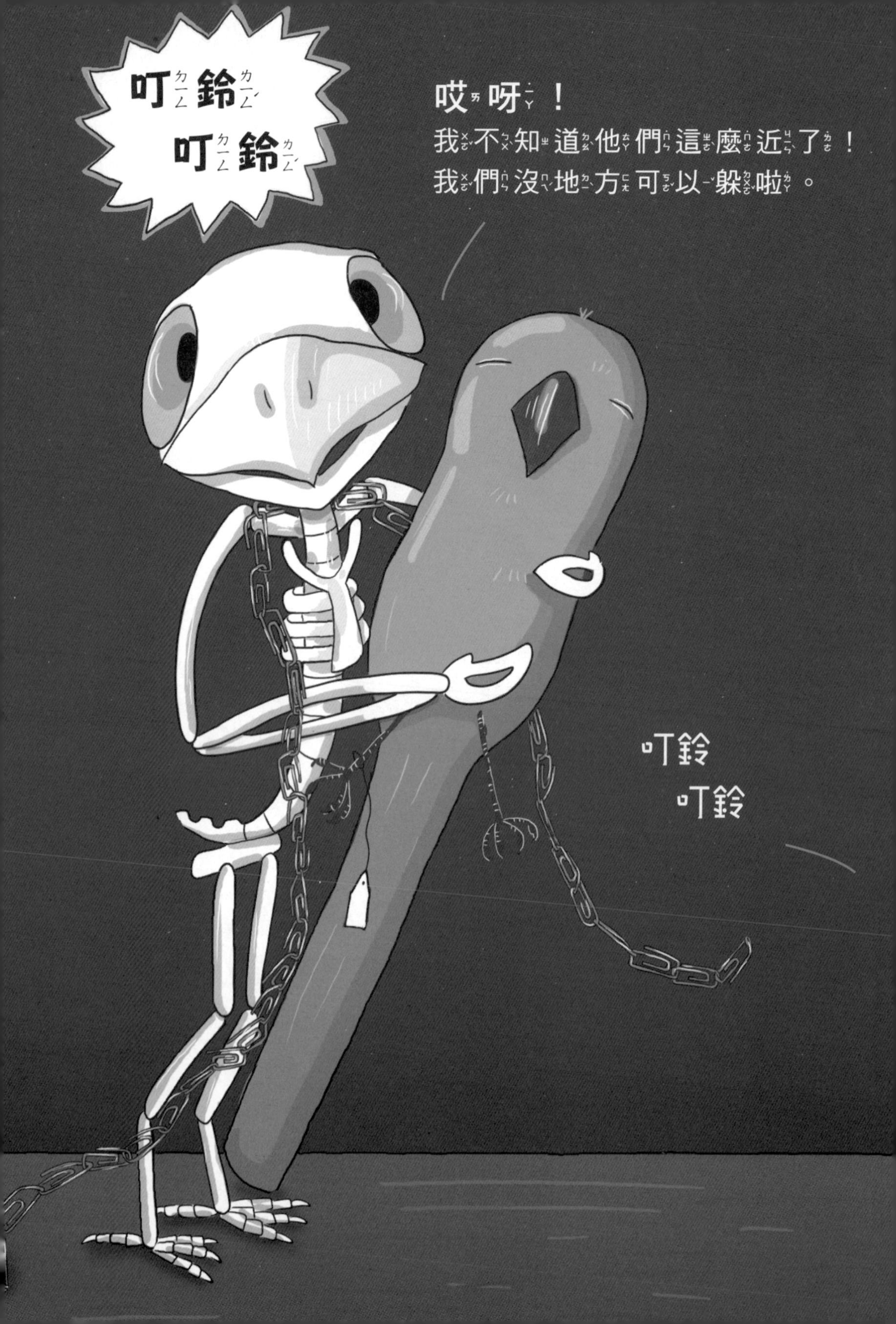

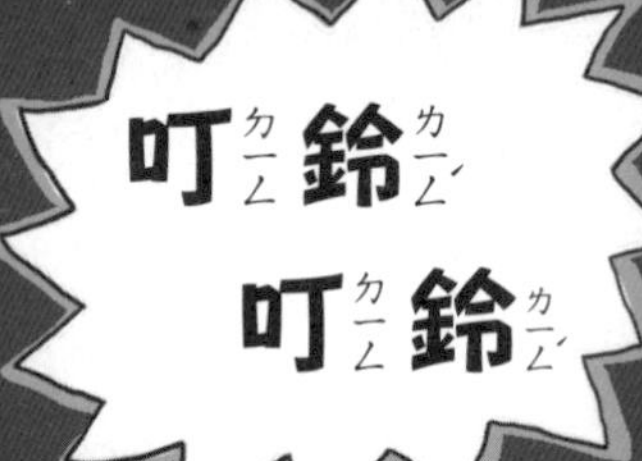

哎呀！

我不知道他們這麼近了！

我們沒地方可以躲啦。

叮鈴

叮鈴

噓……現在保持安靜。
完全不要動。

小鳥
嗯，你記得你把眼鏡留在哪裡嗎？

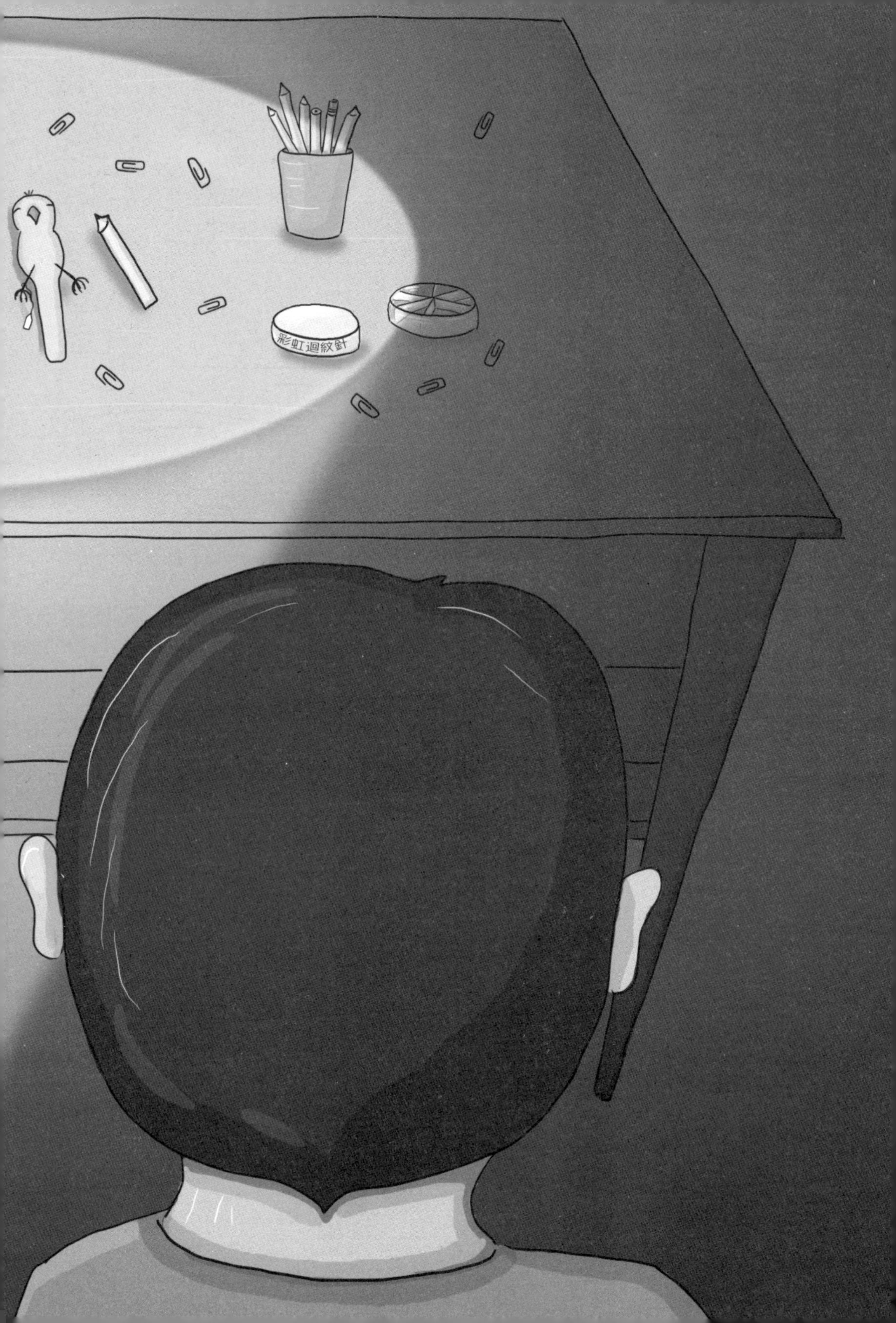
彩虹迴紋針

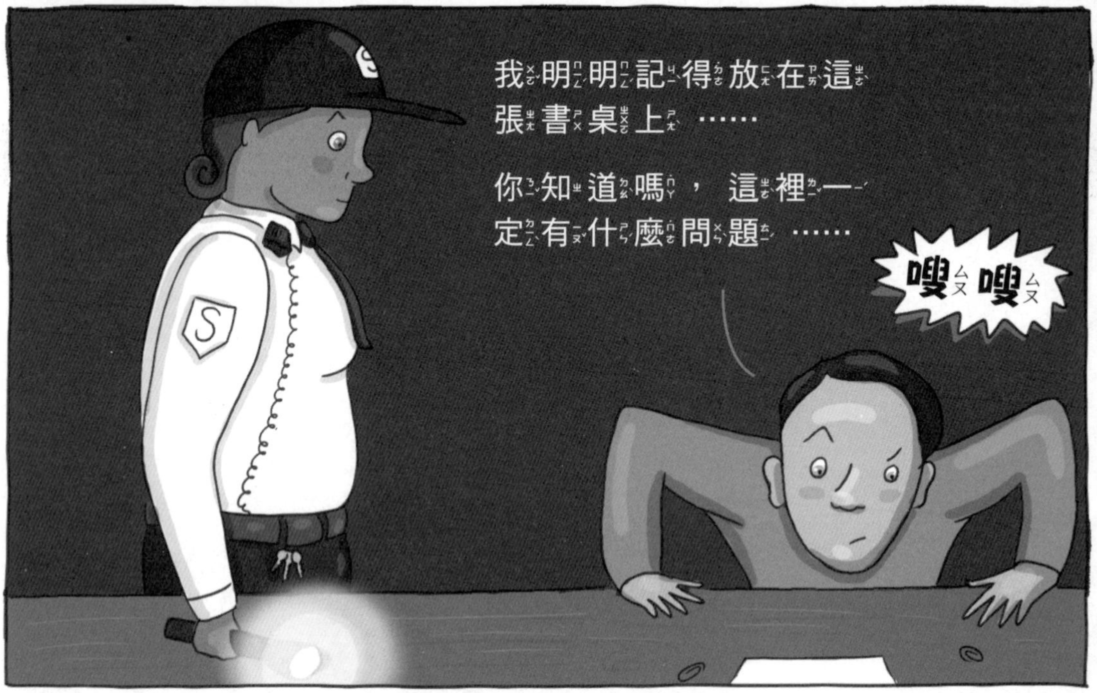

我明明記得放在這張書桌上……

你知道嗎，這裡一定有什麼問題……

嗖嗖

嗖嗖

你聽到了嗎？這裡在晚上總是讓我毛毛的。

可能只是老鼠……

或是說，我希望只是老鼠……

我來做個遺失物登記。你的眼鏡是什麼顏色？

亮紅色，而且是全新的。

刮刮

等一下，又是那個聲音。你想會是鬼魂嗎？

我們快點離開吧，我不應該談那件事。

嗯，你不就是看到鬼魂的那個警衛嗎？

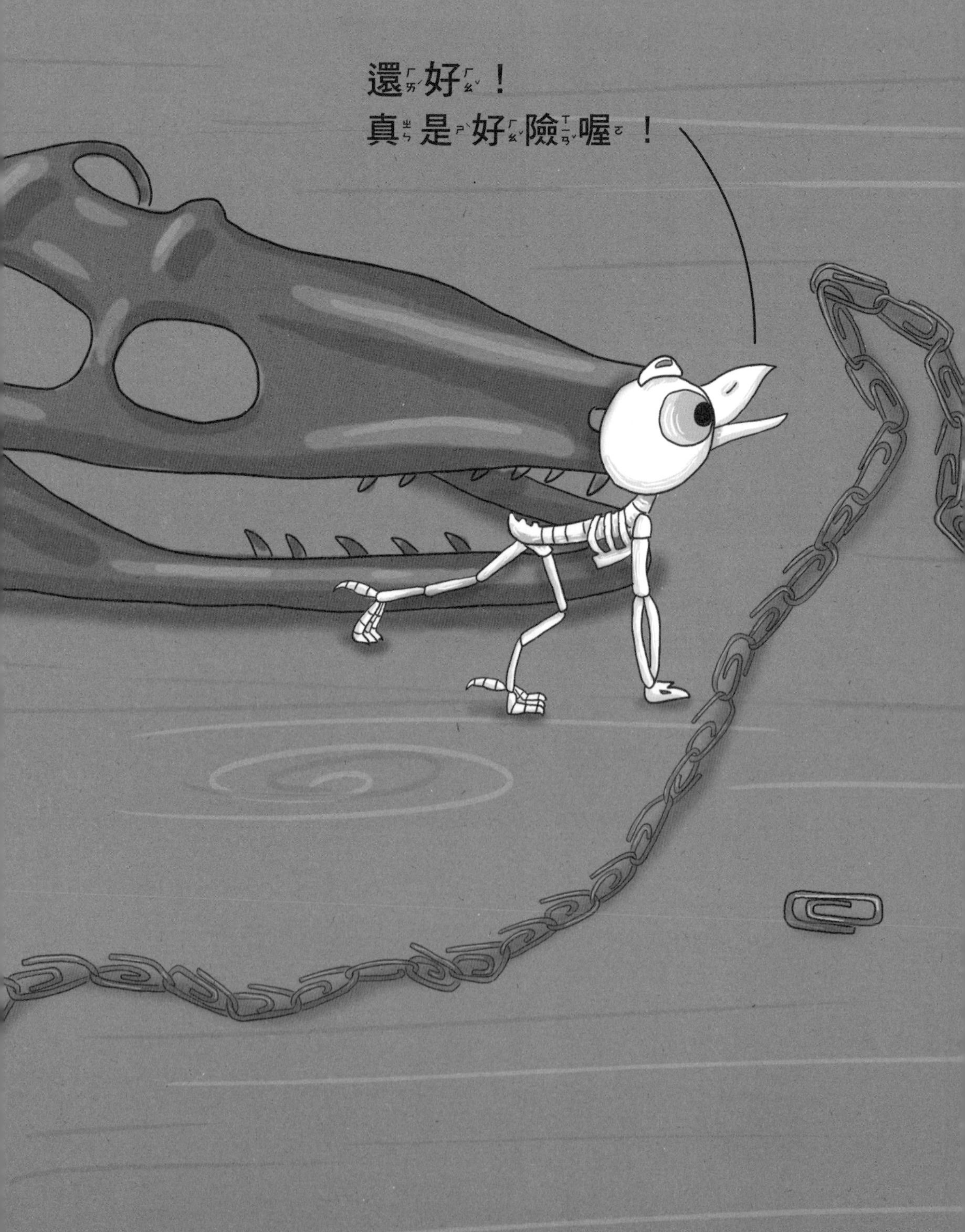
還好！
真是好險喔！

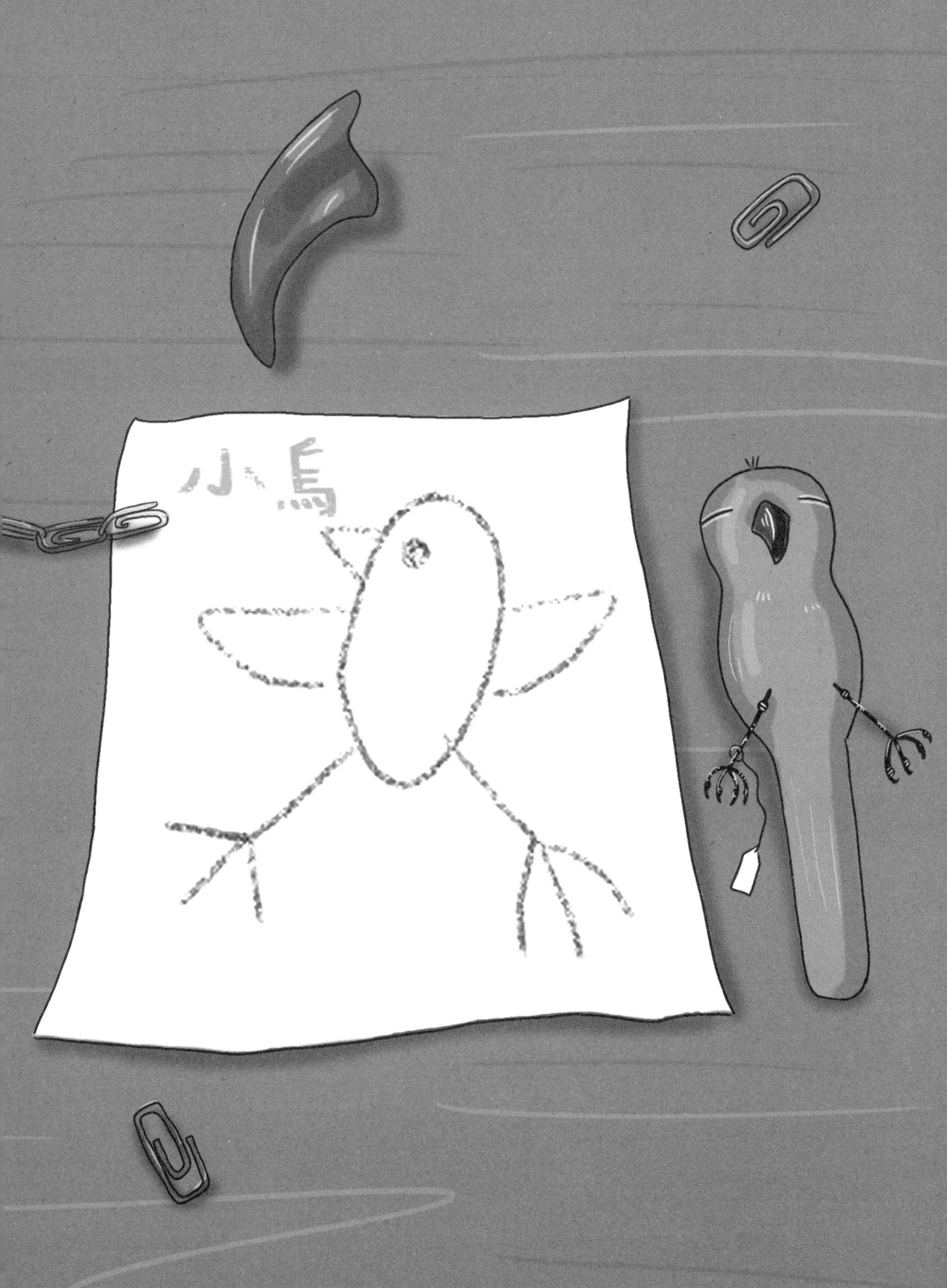
小鳥

我們到處看看吧！
或許我們沒辦法找到那顆鑽石……

但是一定能找到那副眼鏡！

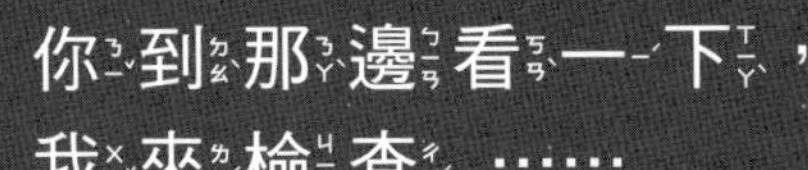
你到那邊看一下，
我來檢查……

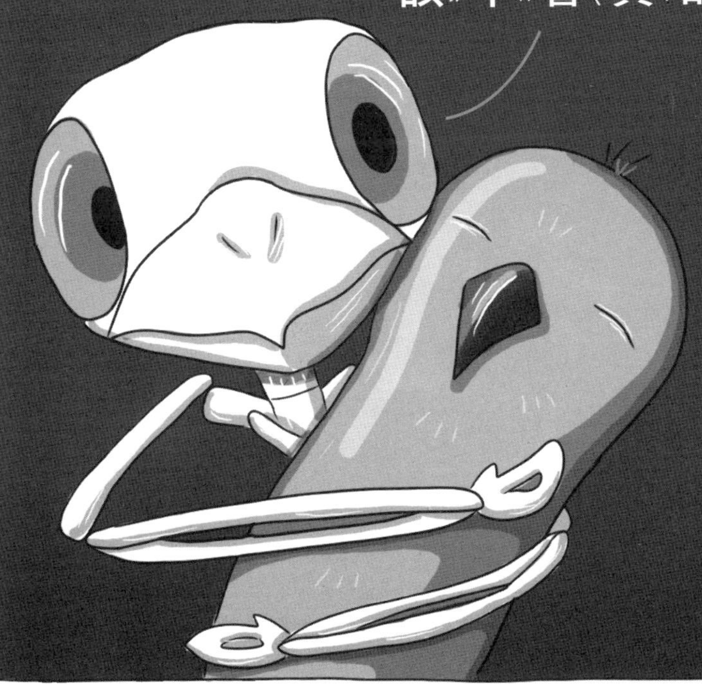
哐啷！
你聽到了嗎？
該不會真的有鬼！
砰！
砰！
砰！

第五章
在聚光燈下

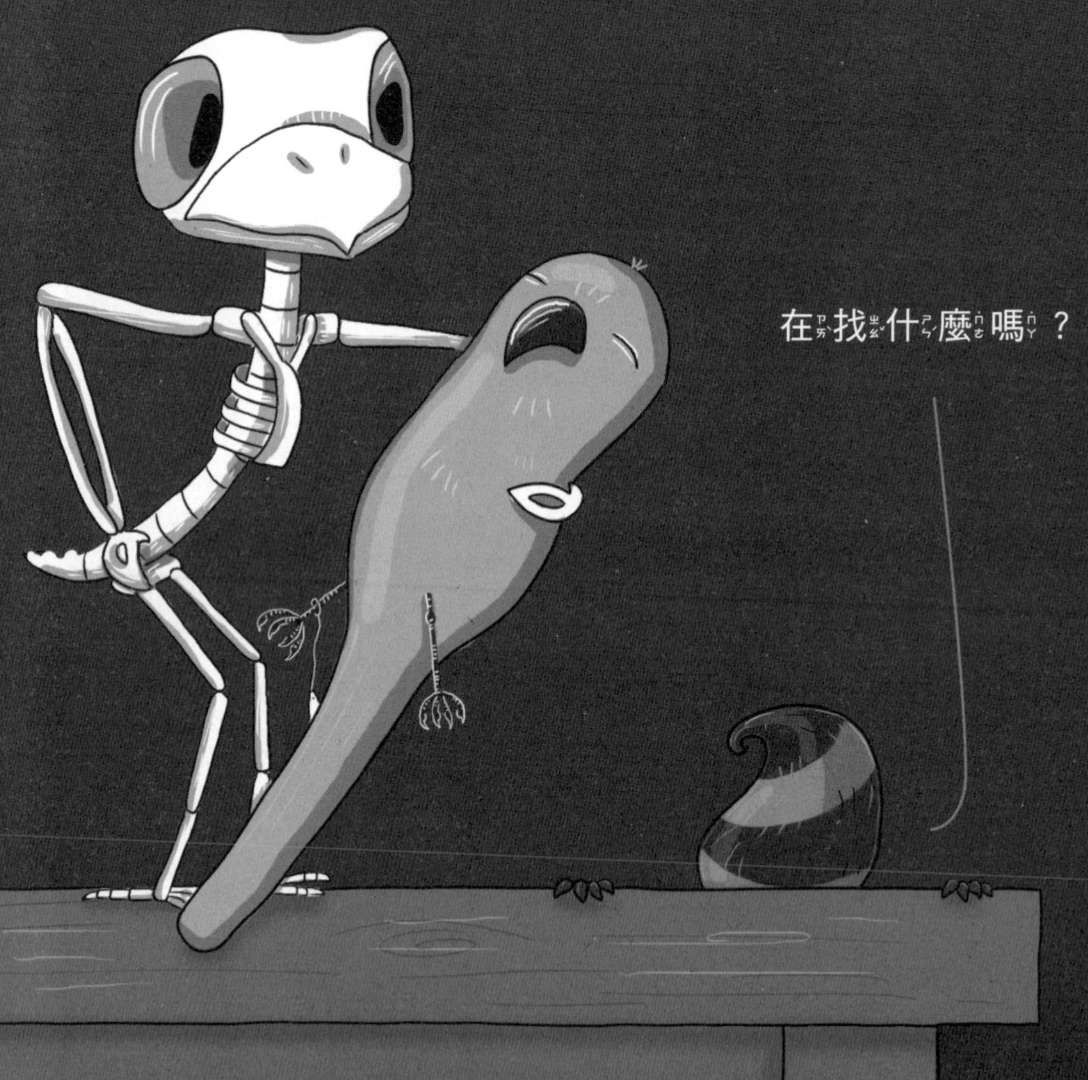

葛瑞絲，眼鏡是不是你偷的？
那一副漂亮的紅色眼鏡嗎？我不知道你在說什麼耶！

你有沒有聽到任何關於那顆鑽石的消息？

喔，聽說它很漂亮，而且亮晶晶。

嘿！我就知道你偷了那副眼鏡！

如果找不到那顆鑽石，你知道會發生什麼事嗎？

葛瑞絲你等著流落街頭！

你會變成一隻在垃圾桶裡挖東西吃的條紋大老鼠！

我當然看到那副眼鏡了，可是我還是不認為鑽石是葛瑞絲偷的。

嘿！別再笑了！我是很認真的。

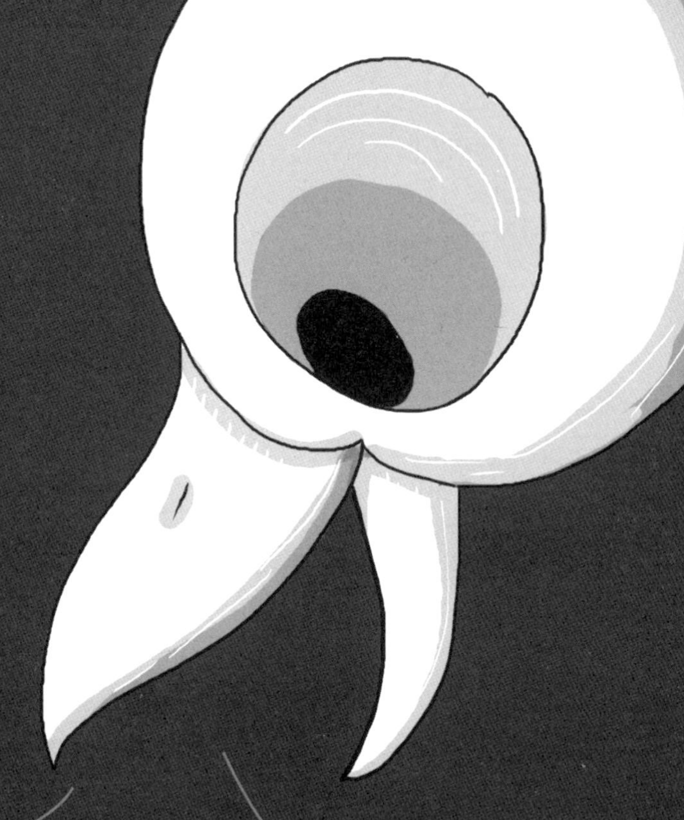

如果鑽石真的落入了葛瑞絲黏乎乎的手掌裡，你認為她會捨得鬆手放開一下下嗎？

沒錯。葛瑞絲手上沒有那顆鑽石，至少現在還沒有……

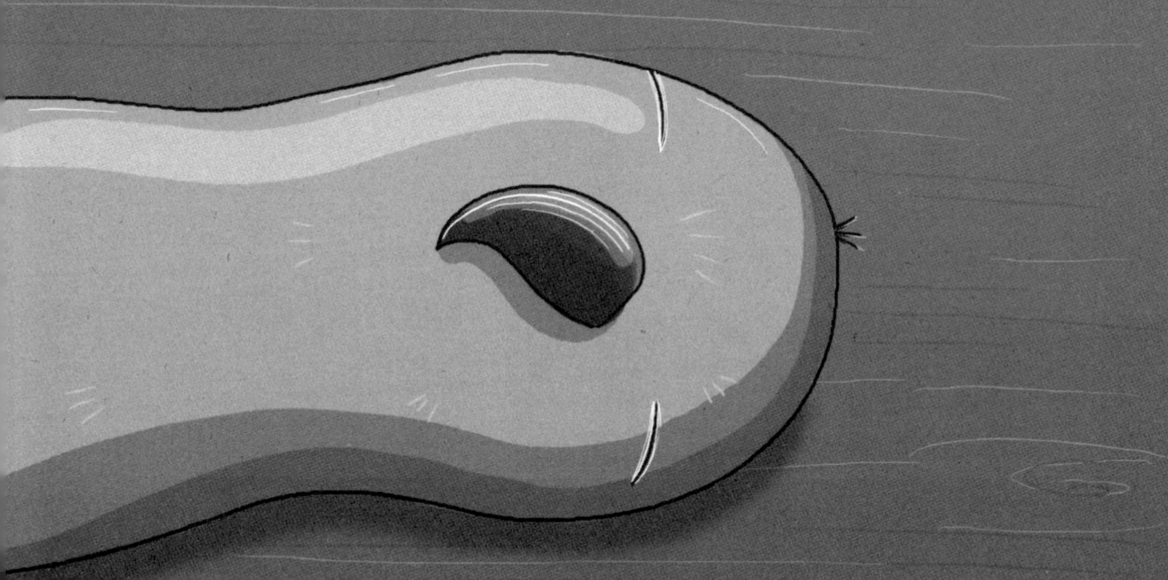

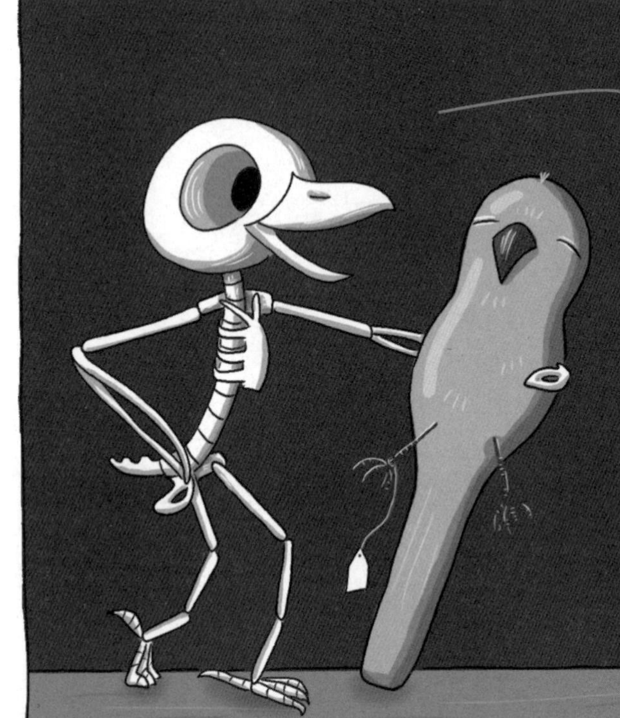
另一方面來說，你不覺得那個警衛似乎非常緊張嗎？
她超級可疑！

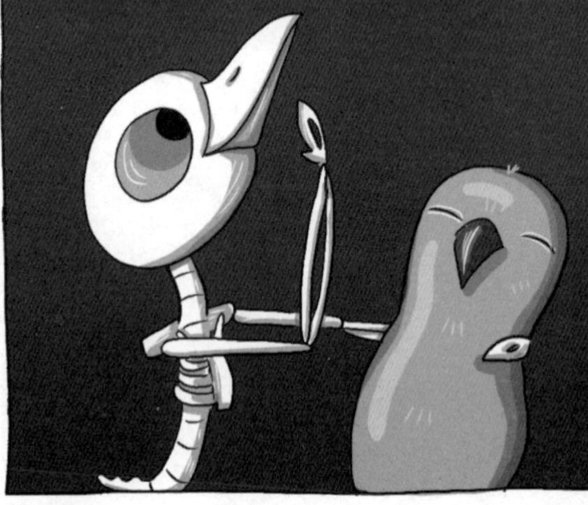
我想她可能真的怕鬼……或是她害怕的其實是，那位弄丟眼鏡的先生會發現她在偷其他東西？
總之，葛瑞絲證明了，那位先生確實弄丟了眼鏡……

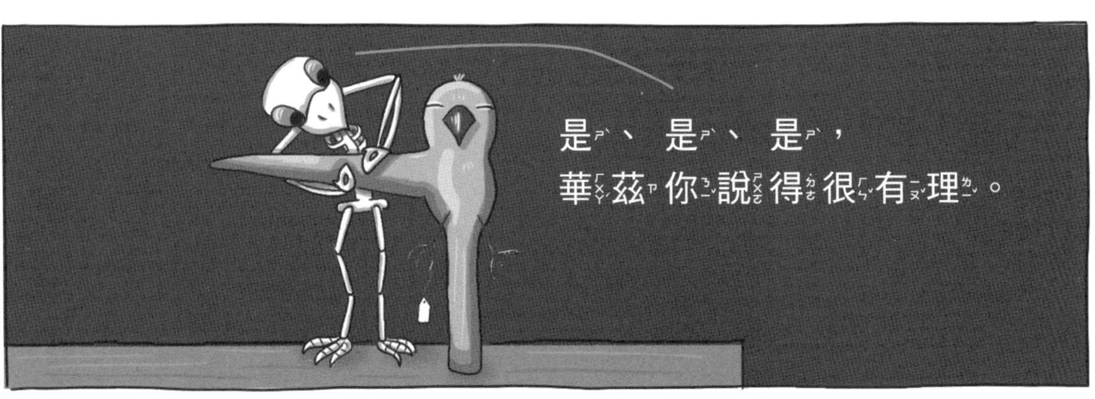

……可是我敢說我們不會在那裡發現任何浣熊毛。

岩石＆礦物區
靈爪鷹
Pengana robertbolesi
澳洲
中新世
掠食動物
滅絕
劍齒虎
Smilodon fatalis
美洲
更新世
掠食動物
滅絕
袋狼
滅

這個才叫飛行！！！

學學我們的園丁鳥
成為收藏家
來參觀雨林生態吧！
岩石
物

參觀雨林生態吧
警察拉起的小小封鎖線……

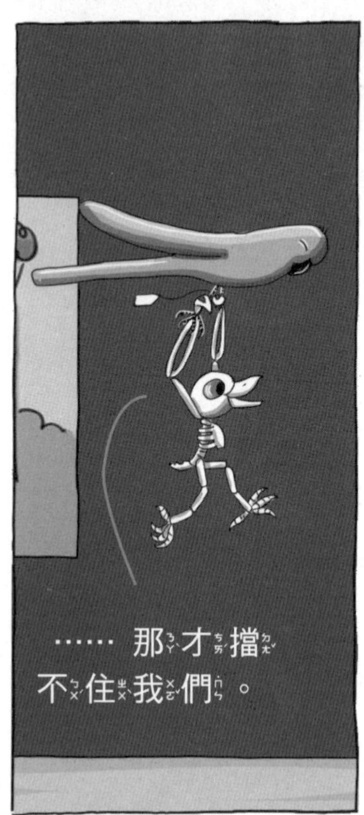

……那才擋不住我們。

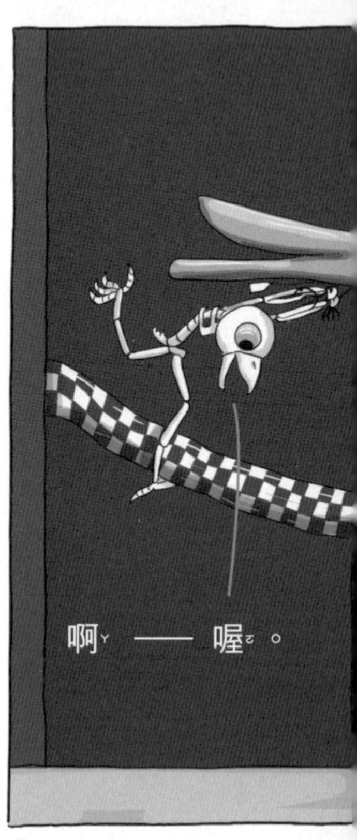

啊——喔。

啪啦！

嗯，我承認事情沒照原本計畫發展。

皇家藍鑽

叮鈴叮鈴

叮鈴
叮鈴
皇家藍鑽
誰、誰在那邊？
哈、哈、哈囉？

嘿！她不應該進來這裡，這裡是受保護的犯罪現場耶！

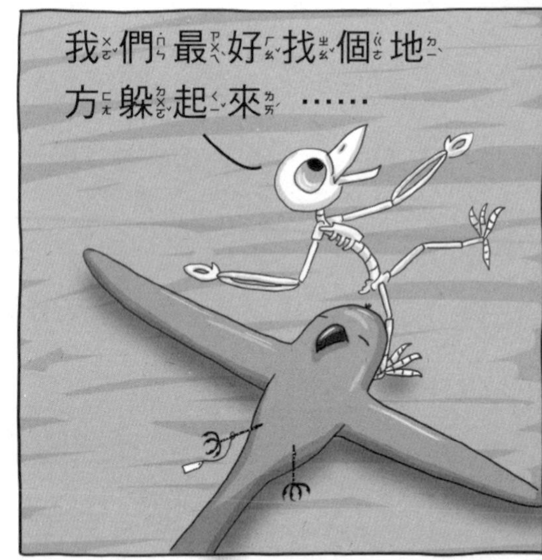
我們最好找個地方躲起來……

孔雀石
青金石
金
黃玉
紫水晶
海藍寶石

呼ㄏㄨ吼ㄏㄡˇ！
呼ㄏㄨ吼ㄏㄡˇ！
呼ㄏㄨ吼ㄏㄡˇ吼ㄏㄡˇ！

黃水晶
青金石
粉鑽
藍寶石
火蛋白石
黑蛋白石
祖母綠
坦桑石
叮鈴
叮鈴
哈哈哈！
華茲你看到她的
表情了嗎？

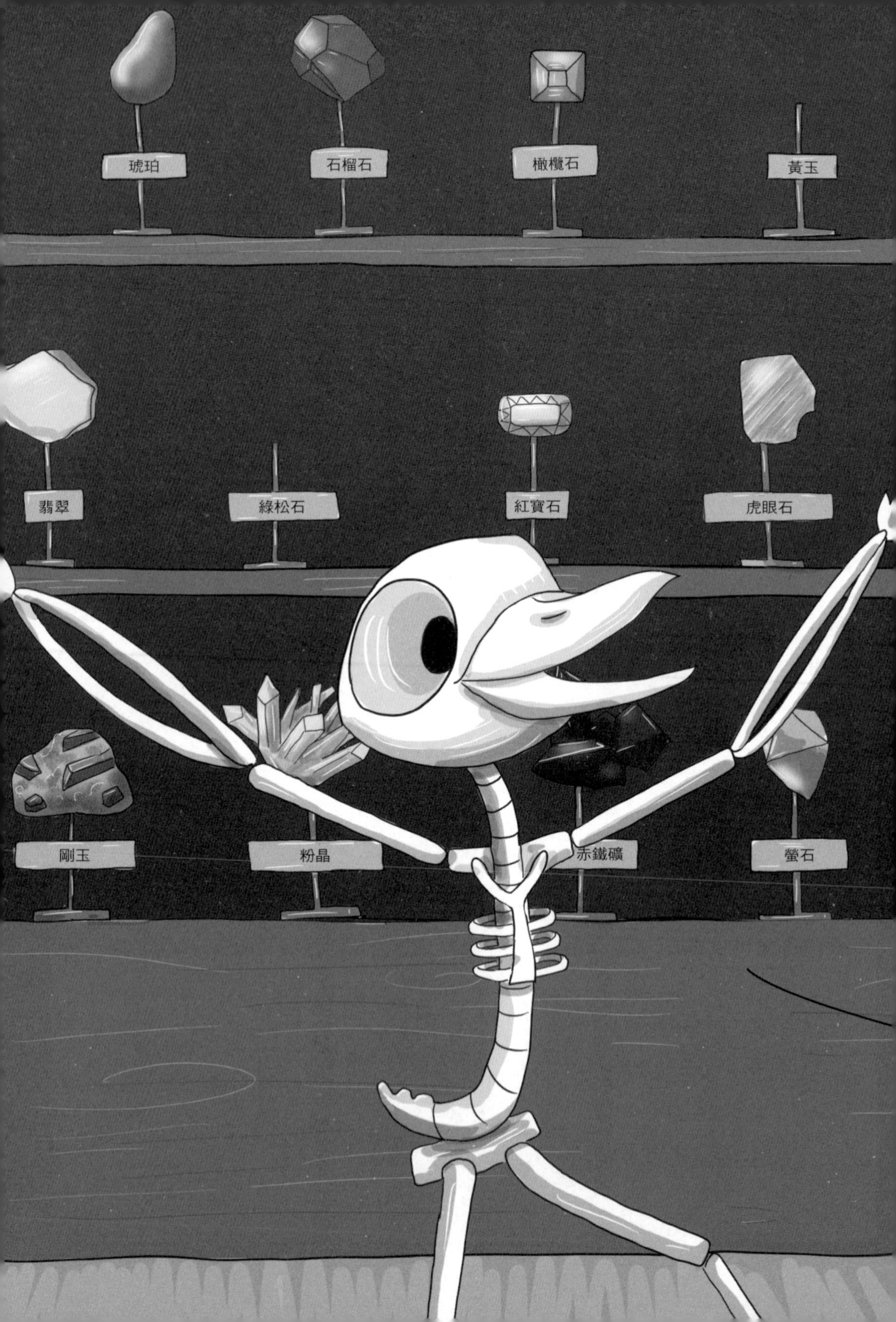
琥珀
石榴石
橄欖石
黃玉
翡翠
綠松石
紅寶石
虎眼石
剛玉
粉晶
赤鐵礦
螢石

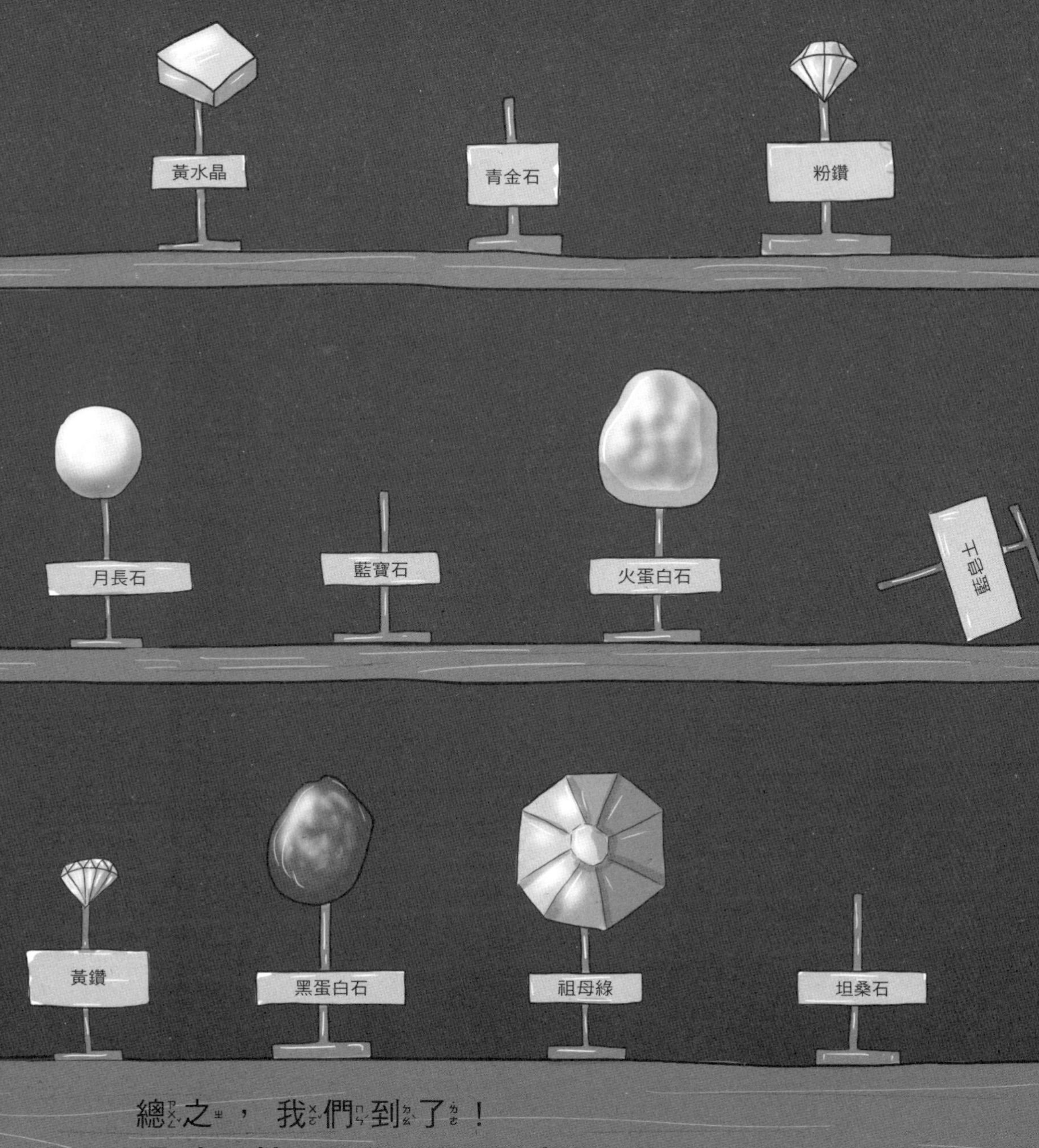

總之，我們到了！

這裡就是犯罪現場。

這裡是岩石和礦物區，
那顆全世界最有價值的鑽石
原本就放在這邊！

第六章　愛吃甜食的小偷

華茲你說得對，
用那種方式對付那個警衛，
可能不大好……

不過還滿好玩的，是吧！
反正她本來就不應該進來這裡。

我知道她是警衛，
可是拉上了封鎖線後，
任何人都不應該闖入。

嗯，當然也
包括我們。

這份工作比我想得還危險。嗯，我剛剛說到哪了？

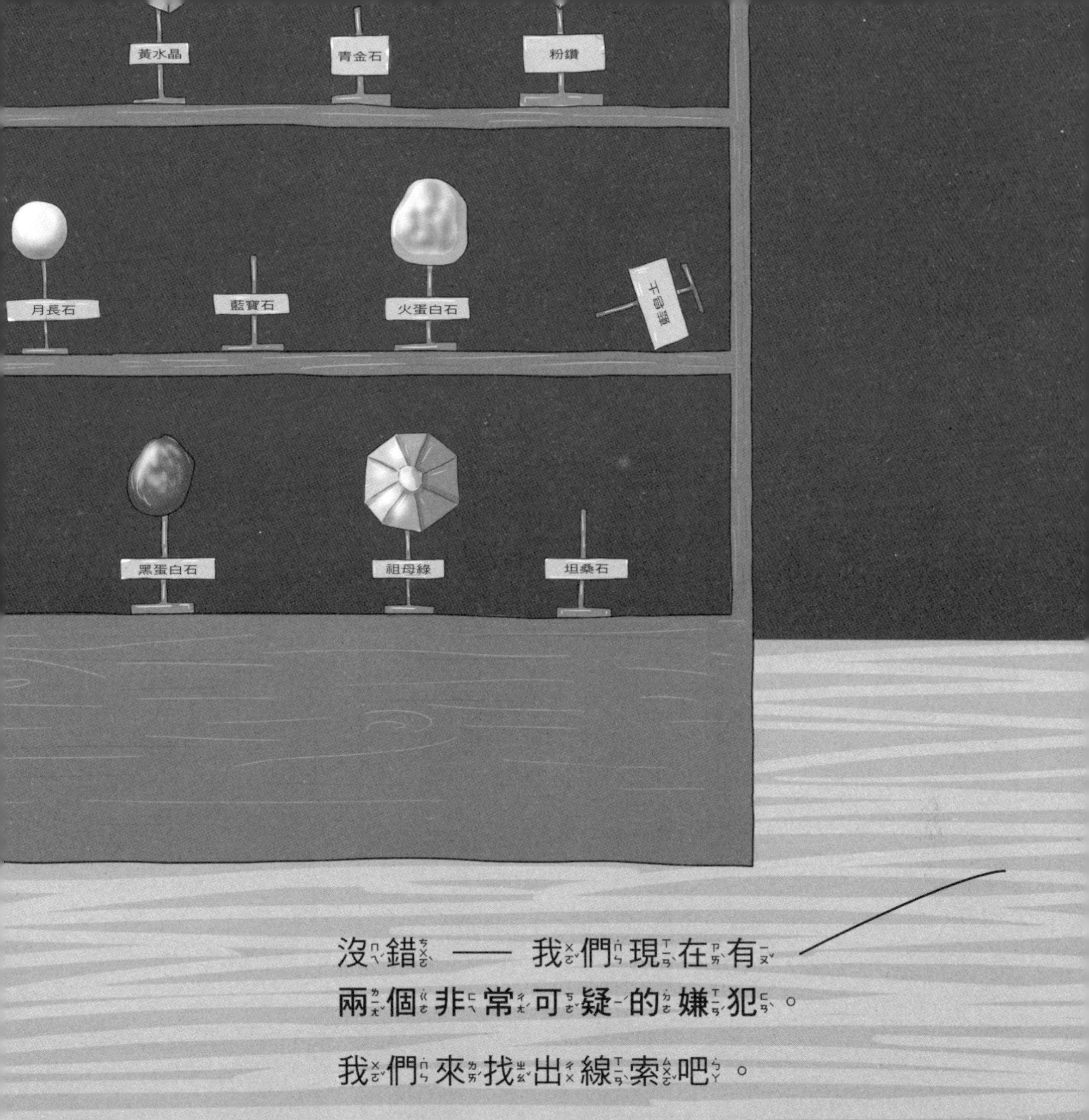

沒錯 —— 我們現在有兩個非常可疑的嫌犯。

我們來找出線索吧。

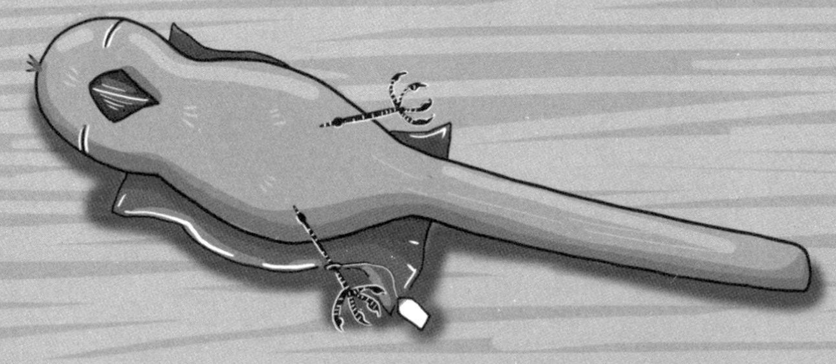

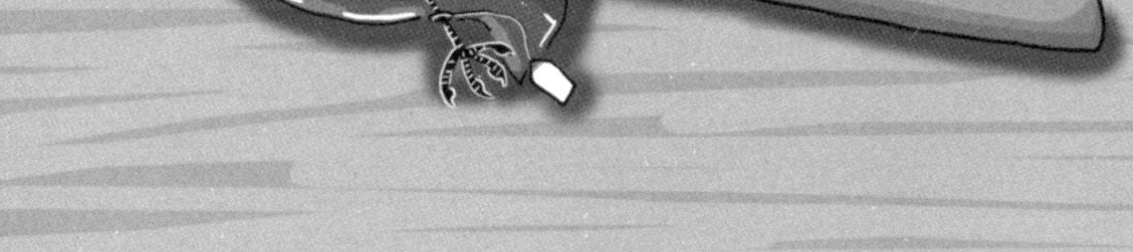

粉晶
赤鐵礦

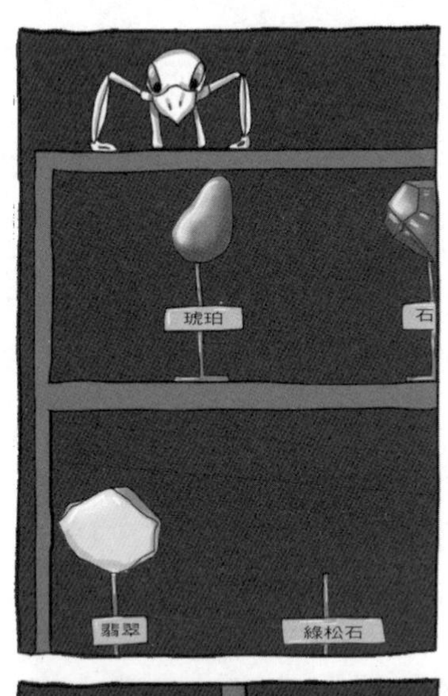
琥珀
石
翡翠
綠松石

坦桑石

蛋白石
祖母綠

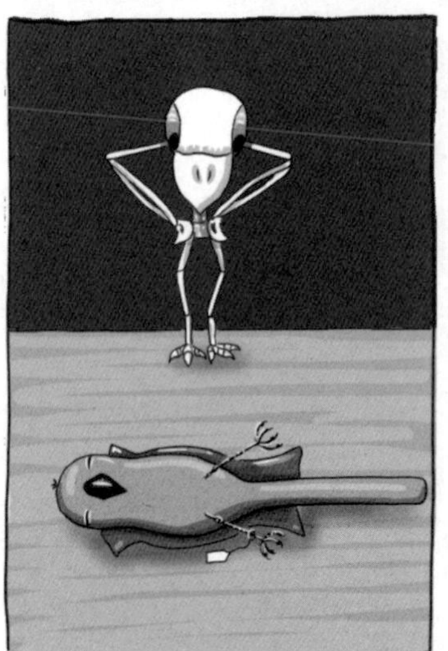

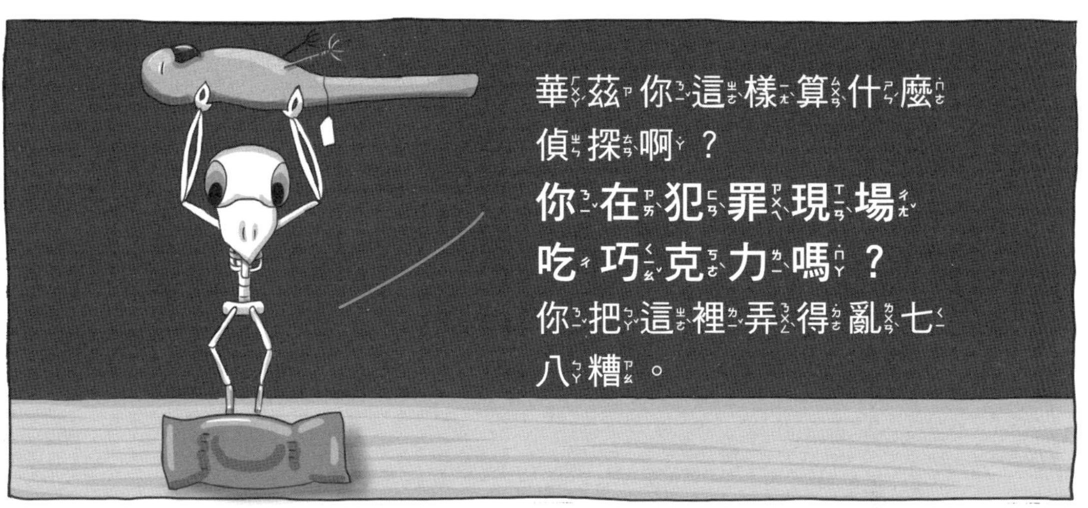
華茲你這樣算什麼偵探啊？
你在犯罪現場吃巧克力嗎？
你把這裡弄得亂七八糟。

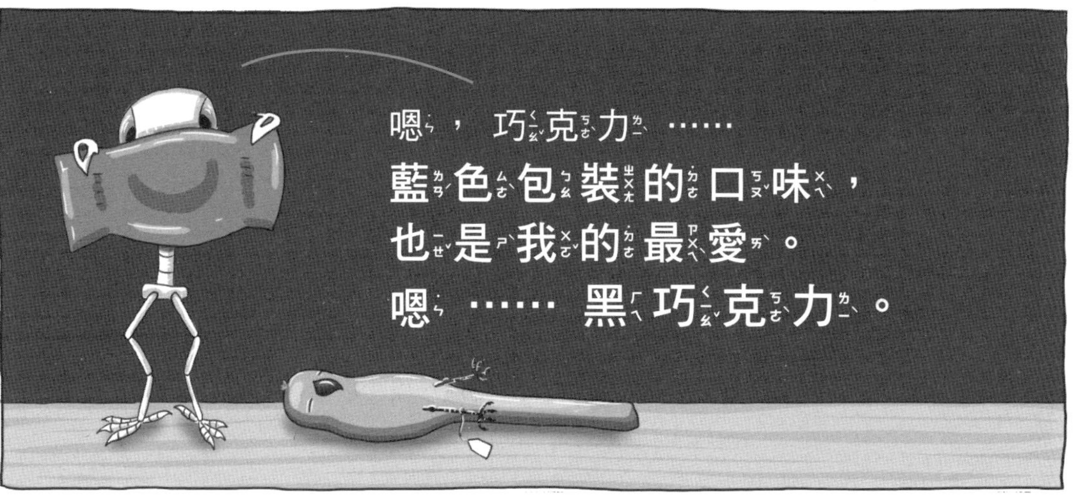
嗯，巧克力……
藍色包裝的口味，也是我的最愛。
嗯……黑巧克力。

這些包裝紙一定是小偷留下來的。
華茲你真敏銳！

我敢說那個警衛
一定是甜食控。

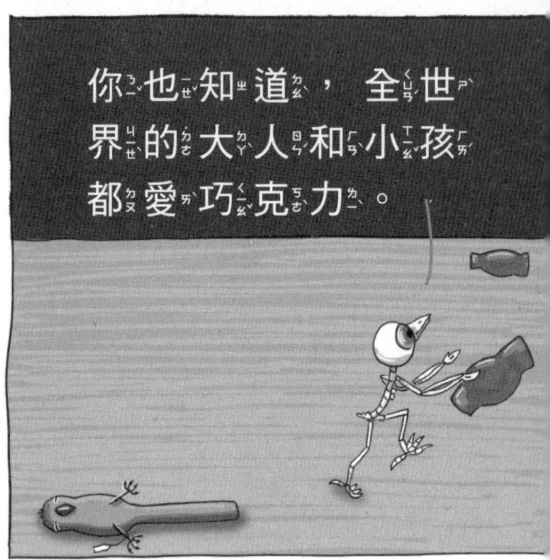
你也知道，全世
界的大人和小孩
都愛巧克力。

唉，對啊，
華茲你說得沒錯……

……最愛巧克力的，
就是博物館館長們！

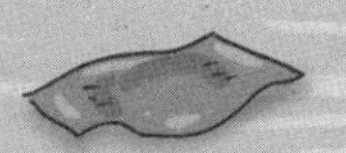

喔，別這樣嘛。
我指的當然是浣熊。

你難道開不起玩笑嗎？

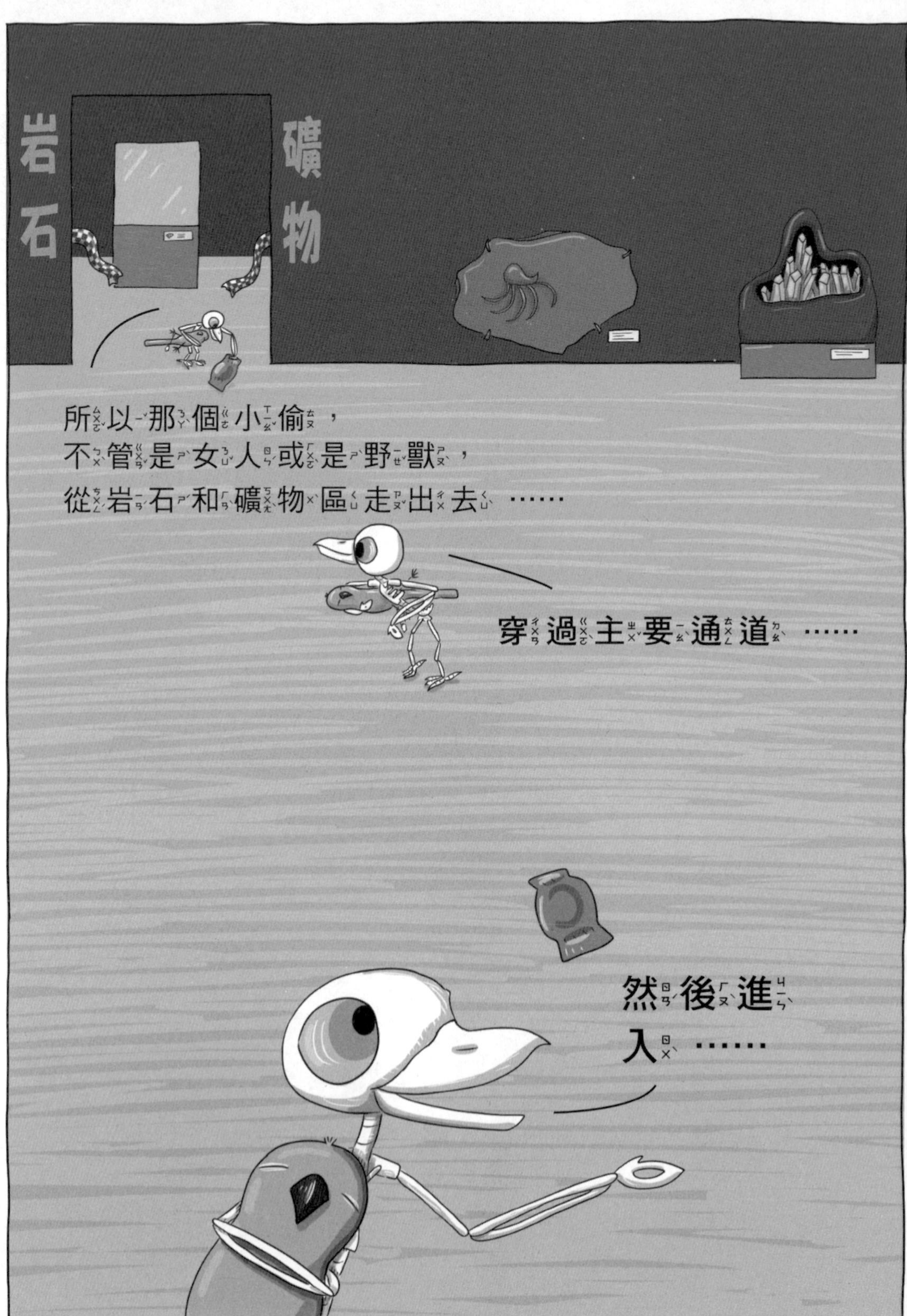
岩石
礦物
所以那個小偷，
不管是女人或是野獸，
從岩石和礦物區走出去……
穿過主要通道……
然後進入……

蝴蝶園？

她為什麼會進去那裡？

第七章
怒火燃起

快來人啊！
救命、救命，
有小偷。

葛瑞絲，你還好嗎？

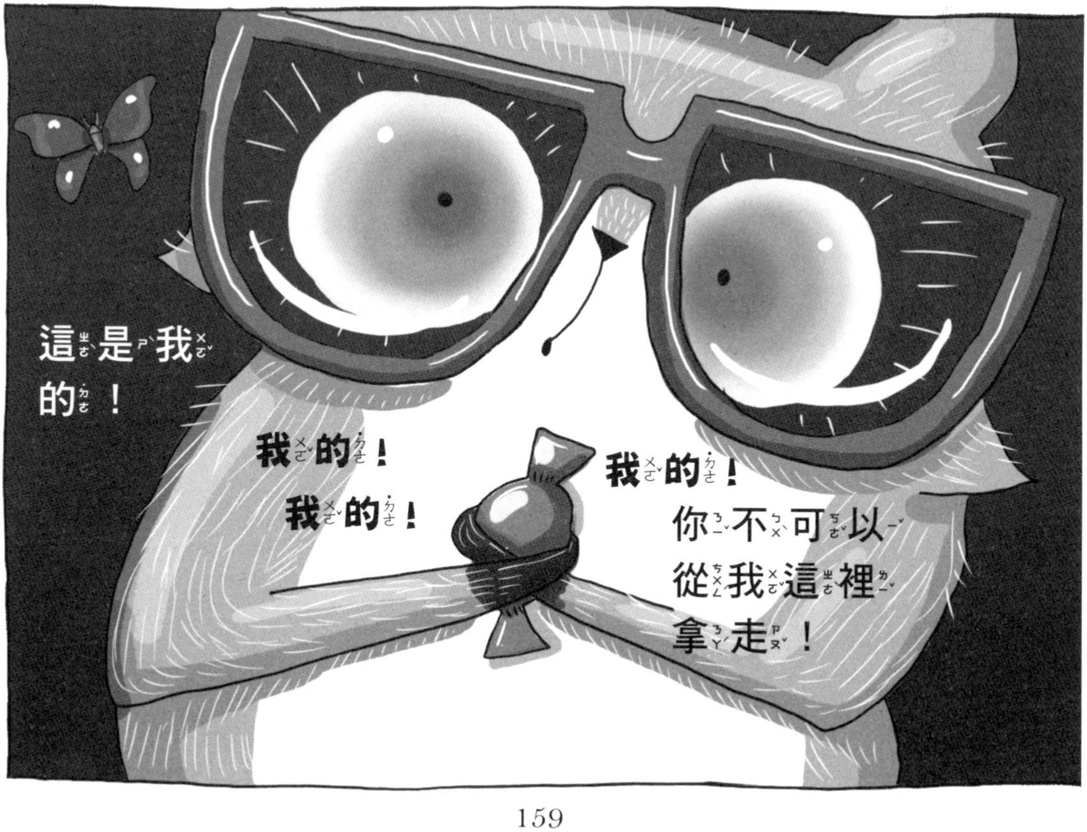

這是我的！

我的！
我的！

我的！
你不可以
從我這裡
拿走！

是我。
喔，是那個傻瓜。

誰欺負你了？
我的肚子好痛。

什麼？這又不代表她就是鑽石小偷。

葛瑞絲，
說點話。

好吃、
好吃，
快來我的
肚子裡。

住手。

住手什麼？

鑽石小偷嗎？
我就知道！
她往哪邊去了？

住手，小偷。

EXIT
是巧克力小偷，
往那邊去了。
巧克力小偷！
喔，這也太誇張了！
我想找的是鑽石小偷，
你這個吃撐肚皮的瘋浣熊！

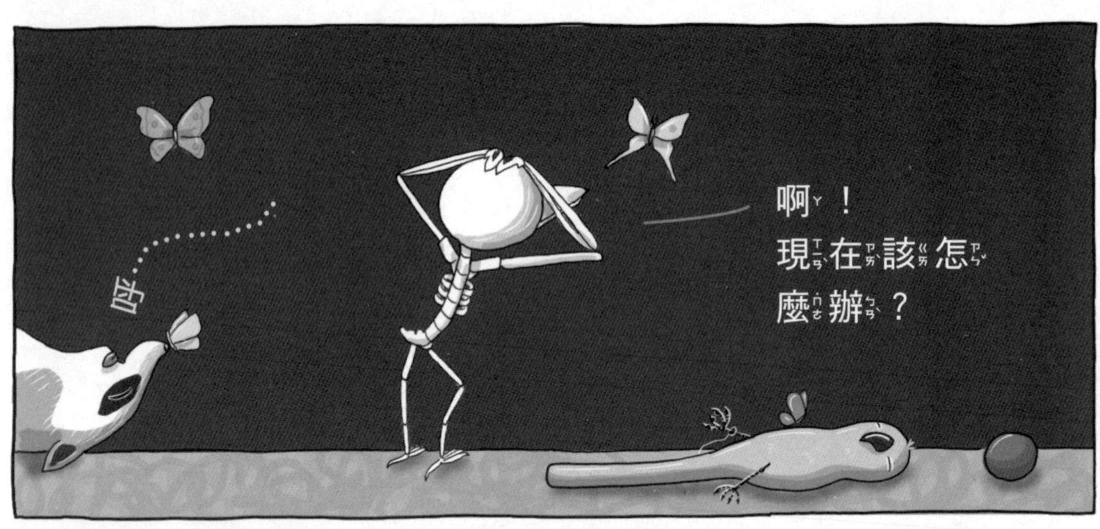
呼……
啊！現在該怎麼辦？

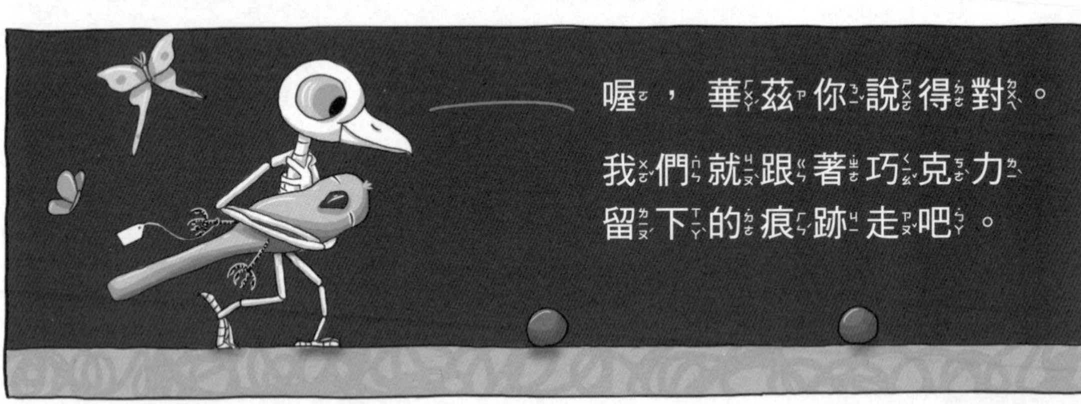
喔，華茲你說得對。
我們就跟著巧克力留下的痕跡走吧。

嘿，華茲，誰會瘋狂到從饑腸轆轆的浣熊那裡偷走巧克力啊？

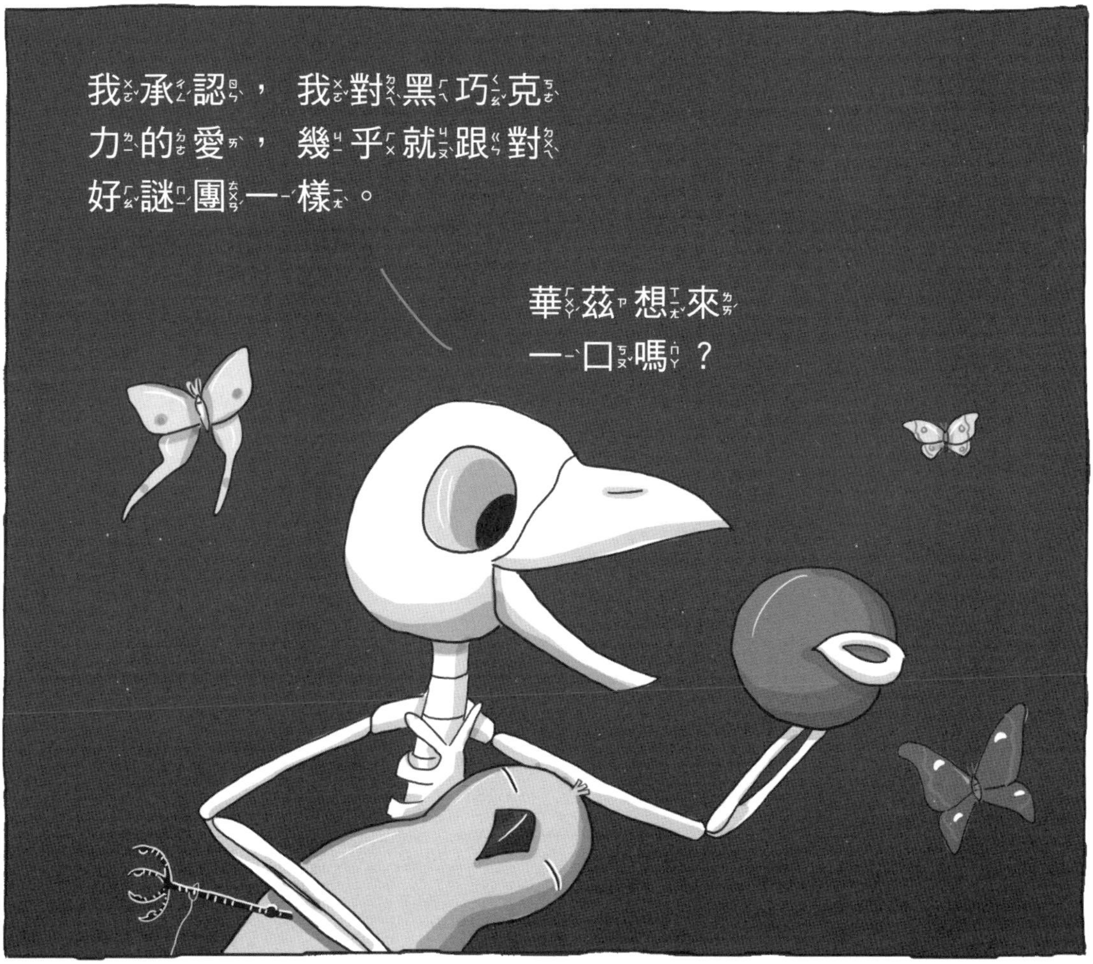

我承認，我對黑巧克力的愛，幾乎就跟對好謎團一樣。

華茲想來一口嗎？

第八章
華茲不見了！

蝴蝶園這個地方滿神奇的，雖然他們其實應該把這裡取名為：

蝴蝶還是蛾？

蝴蝶		蛾
棍棒狀觸角		羽狀觸角
停棲時翅膀閉合		停棲時翅膀展開
大多為日行性		大多為夜行性

遷粉蝶	尤里西斯鳳蝶	凱恩斯鳥翼蝶	沃德皇蛾	北美長尾水青蛾	白星橙天蠶蛾
Catopsilia pomona	*Papilio ulysses*	*Ornithoptera euphorion*	*Attacus wardi*	*Actias luna*	*Opodiphthera eucalypti*
小	大	非常大	非常大	大	大
黃色	藍&黑	綠、黃&黑	棕&白	淺綠	淺棕

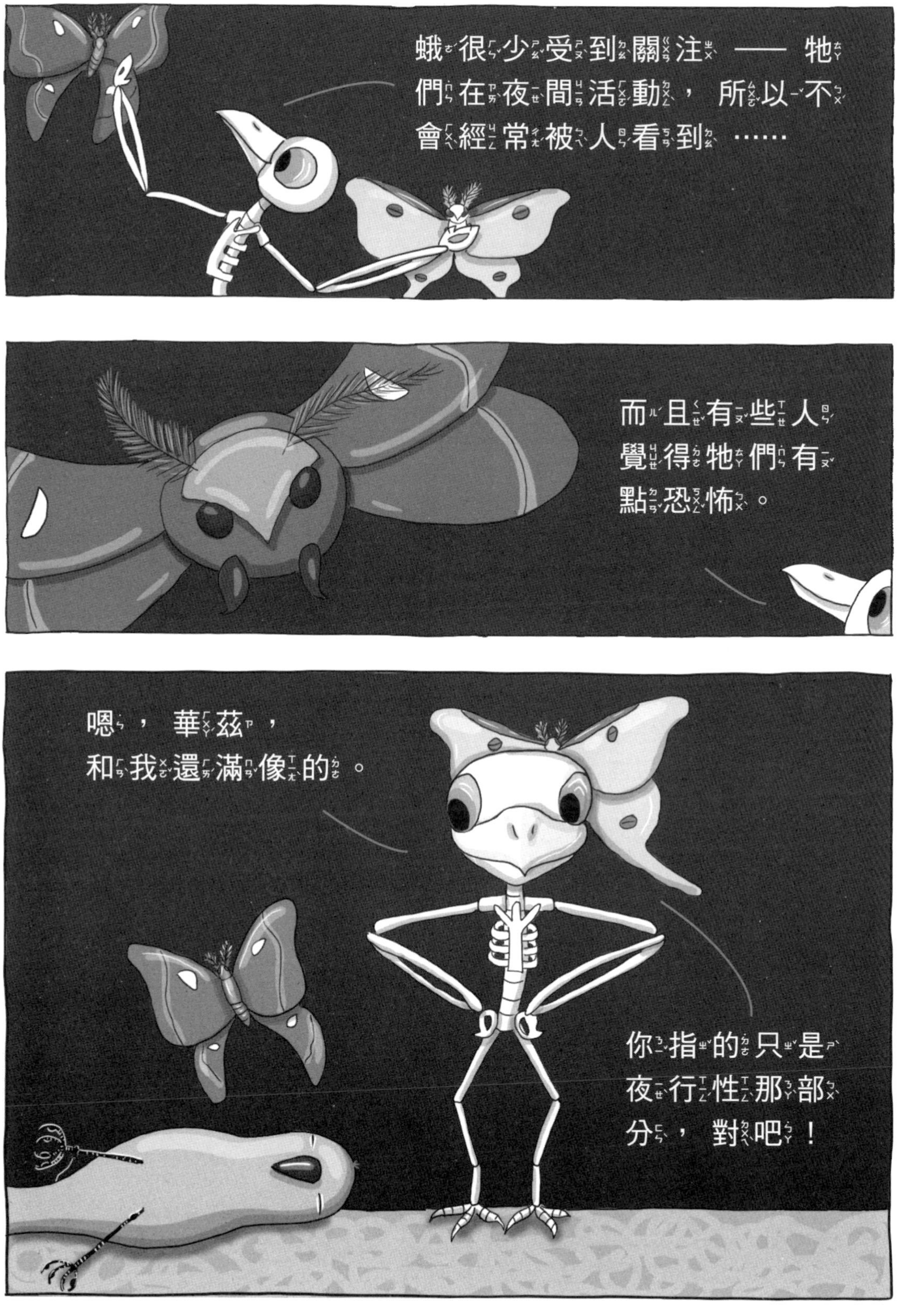

嗯，華茲，和我還滿像的。

你指的只是夜行性那部分，對吧！

歡迎來到
迷你獸的世界

歡迎來到
迷你獸的世界

鞘翅目展
繽紛的甲蟲

我剛才是不是有說，蛾很神奇？

瞧瞧這個甲蟲彩虹！

黃色
綠色
藍色
靛藍
紫色
華茲，你知道目前已知的甲蟲超過四十萬種嗎？

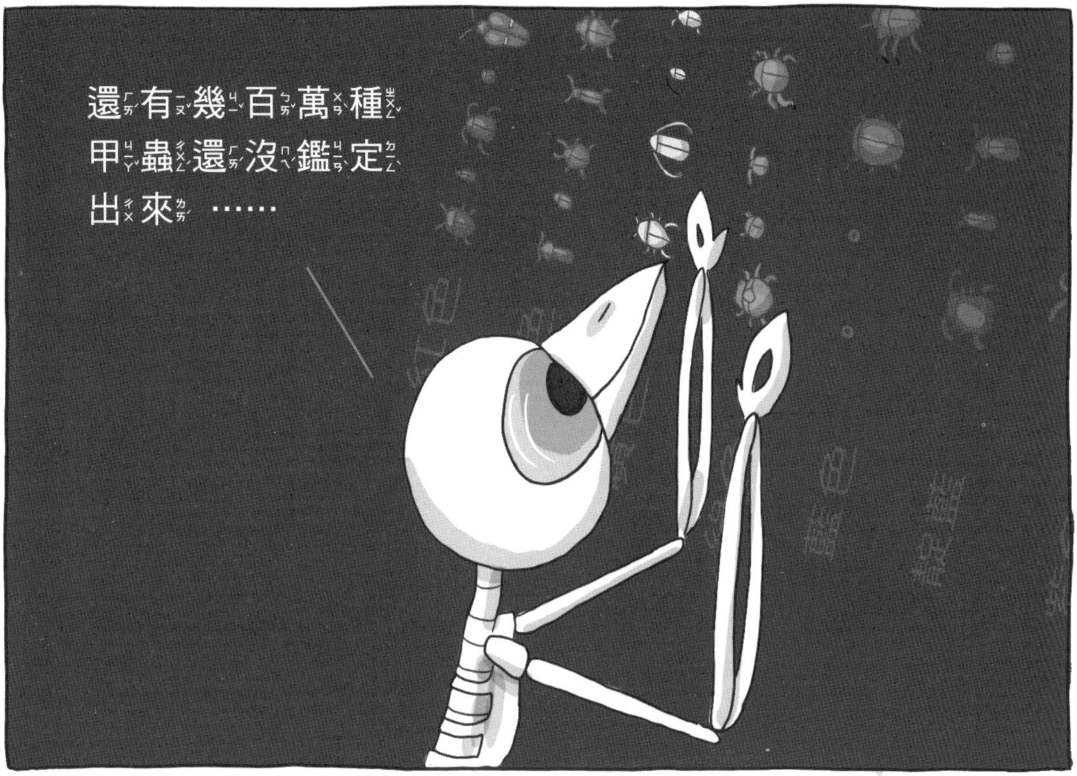

還有幾百萬種甲蟲還沒鑑定出來……

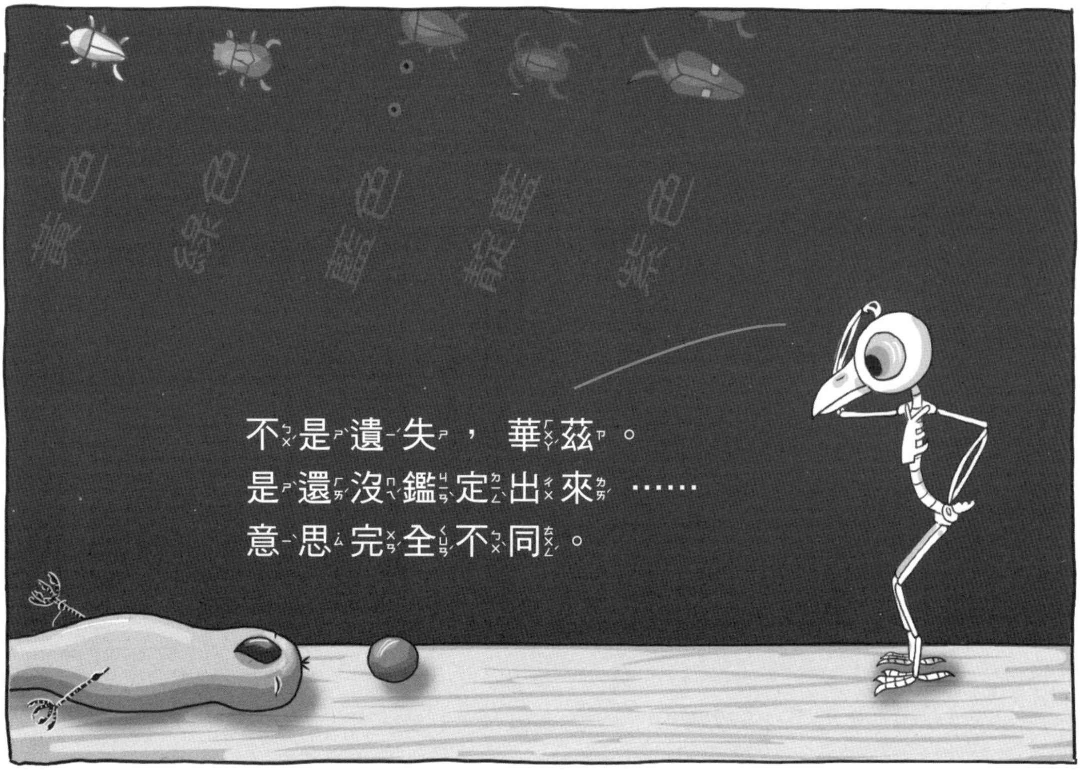

不是遺失，華茲。
是還沒鑑定出來……
意思完全不同。

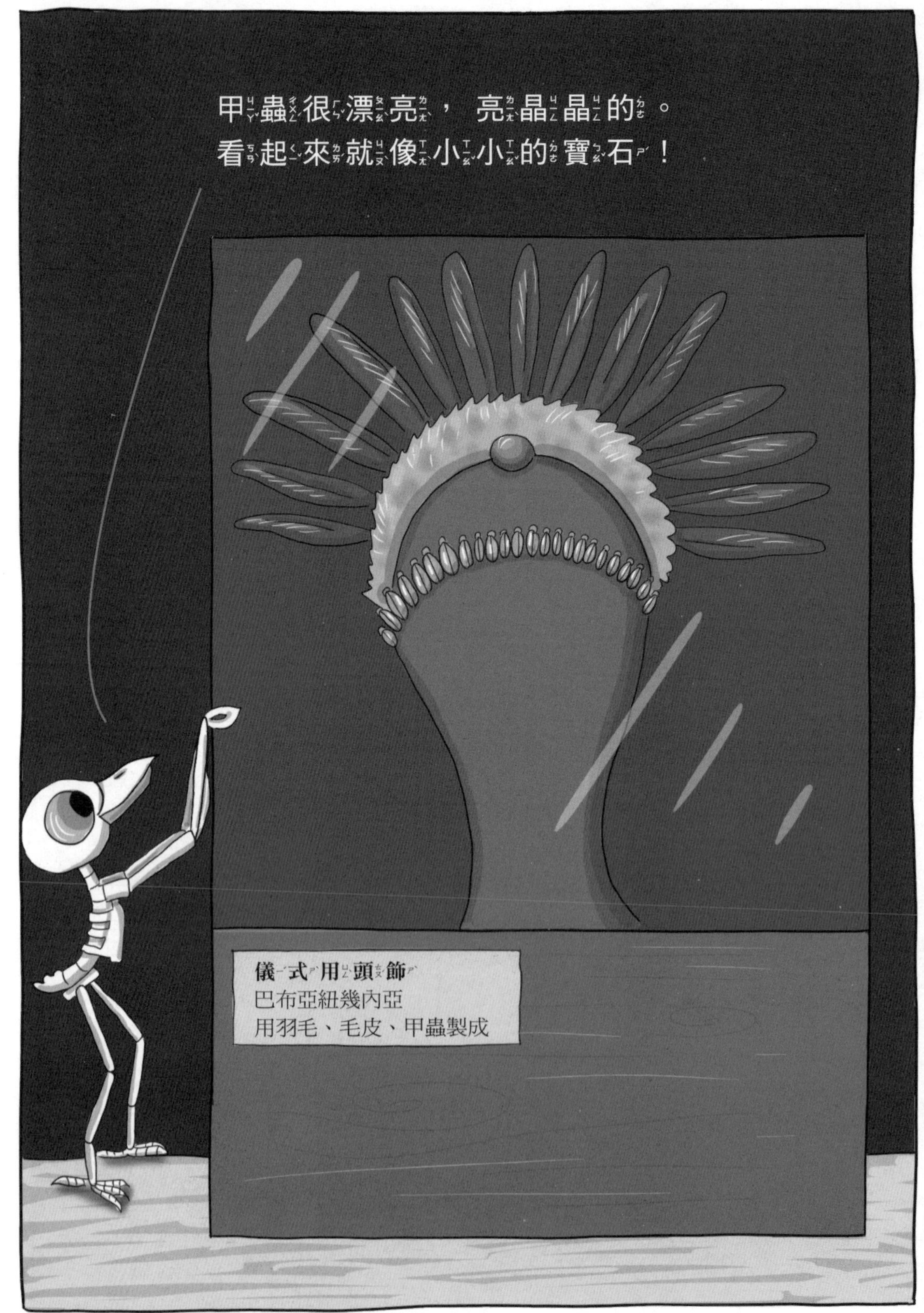
甲蟲很漂亮，亮晶晶的。
看起來就像小小的寶石！
儀式用頭飾
巴布亞紐幾內亞
用羽毛、毛皮、甲蟲製成

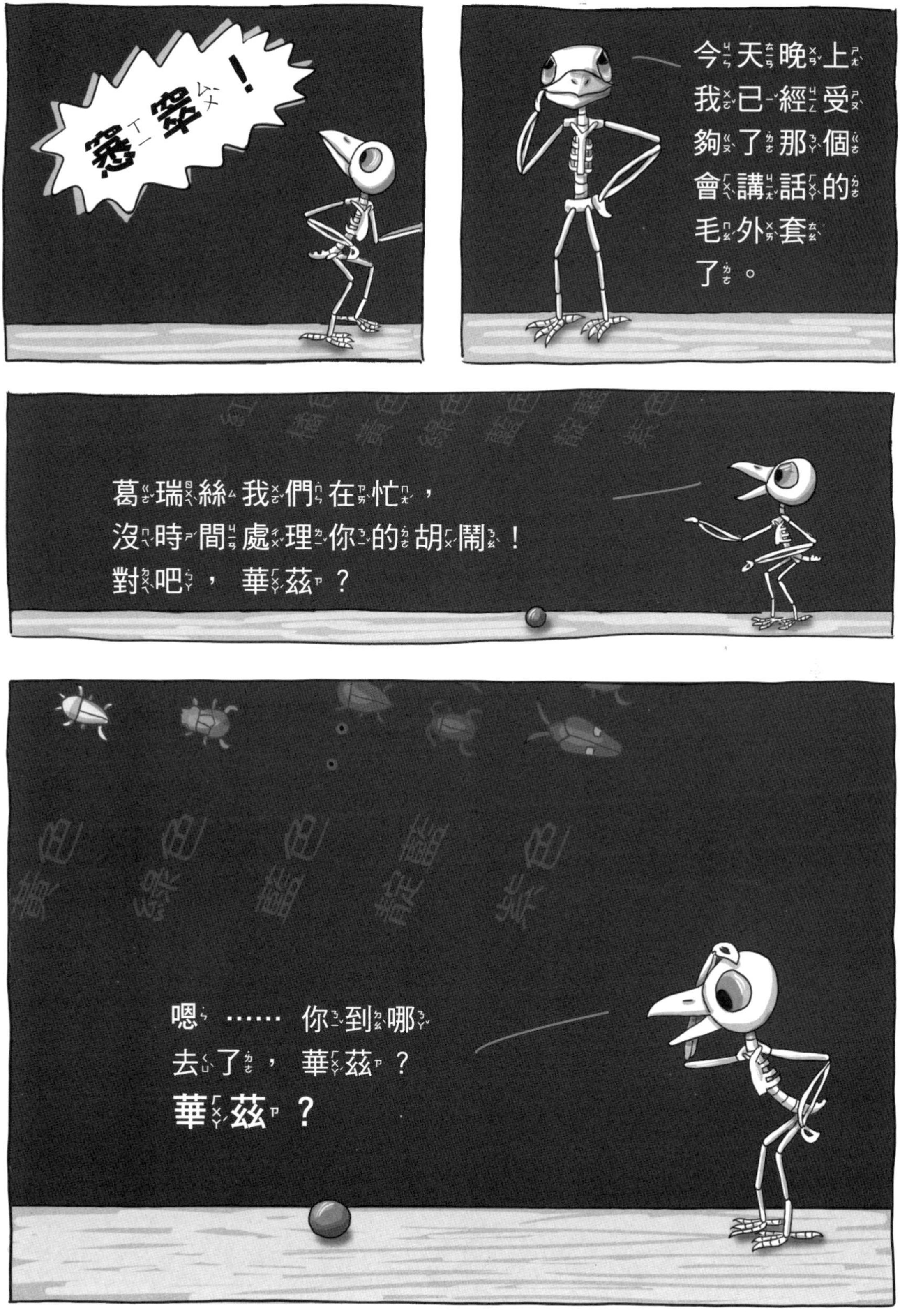

嗯…… 你到哪去了，華茲？
華茲？

鞘翅目展
繽紛的甲蟲

華茲？
葛瑞絲？

葛ㄍㄜˇ瑞ㄖㄨㄟˋ絲ㄙ！

葛ㄍㄜˇ瑞ㄖㄨㄟˋ絲ㄙ！

我ㄨㄛˇ知ㄓ道ㄉㄠˋ是ㄕˋ你ㄋㄧˇ

做ㄗㄨㄛˋ的˙ㄉㄜ好ㄏㄠˇ事ㄕˋ！

葛ㄍㄜˇ瑞ㄖㄨㄟˋ絲ㄙ！

葛ㄍㄜˇ瑞ㄖㄨㄟˋ絲ㄙ！

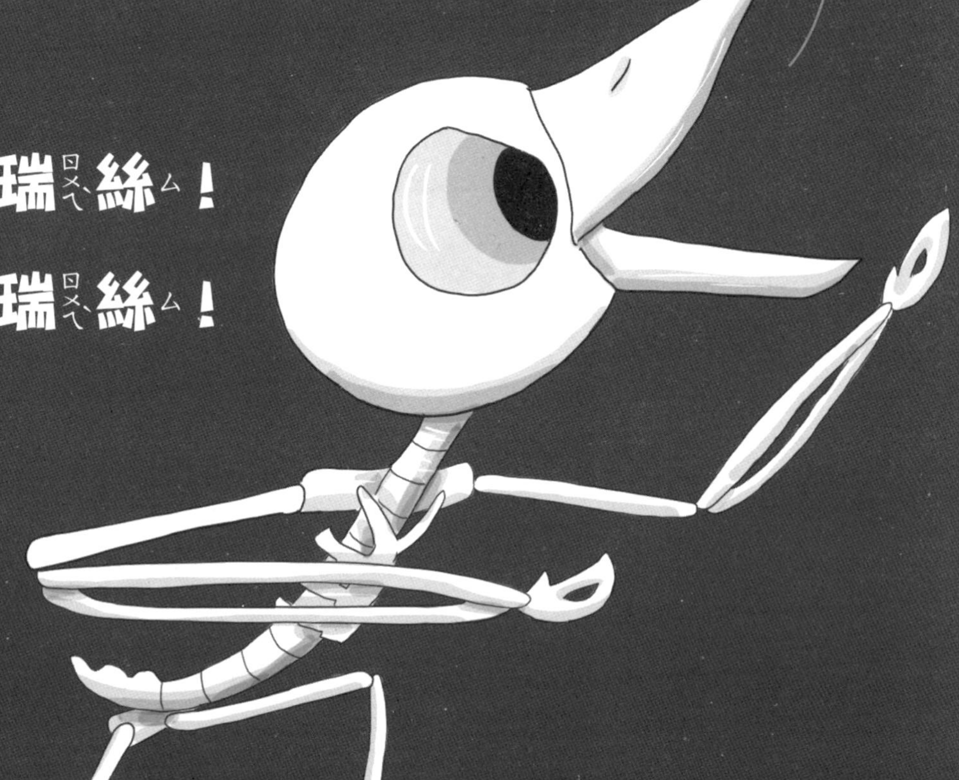

噓——
別再大吼大叫了。
喔，我可憐的肚子，
嗯……巧克力。

不好笑，
葛瑞絲。
華茲呢？

我怎麼會知……喔，又有一顆巧克力。

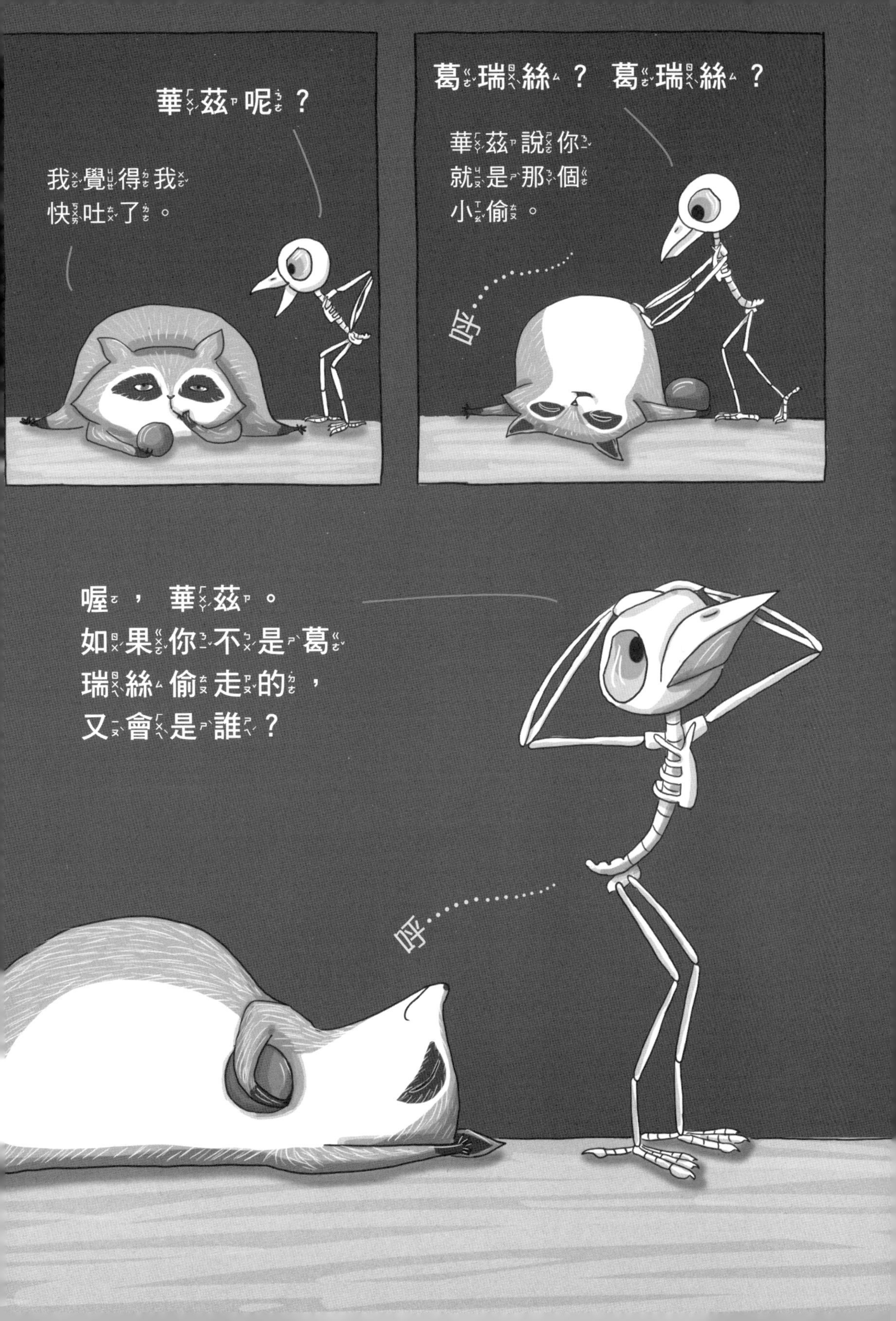

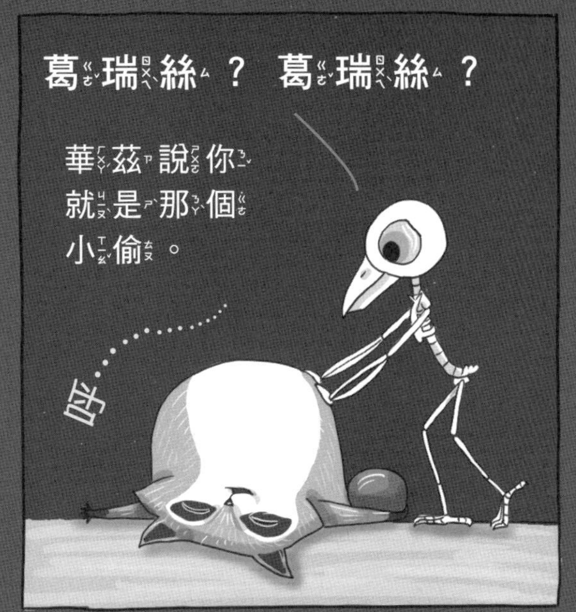

喔，華茲。如果你不是葛瑞絲偷走的，又會是誰？

呼……

呼

海洋生物區

我們的世界

蝴蝶園

親愛的華茲，
我不但沒找到
鑽石，現在連
你都搞丟了。

巧克力
黑巧克力

第九章　骨爾唱藍調

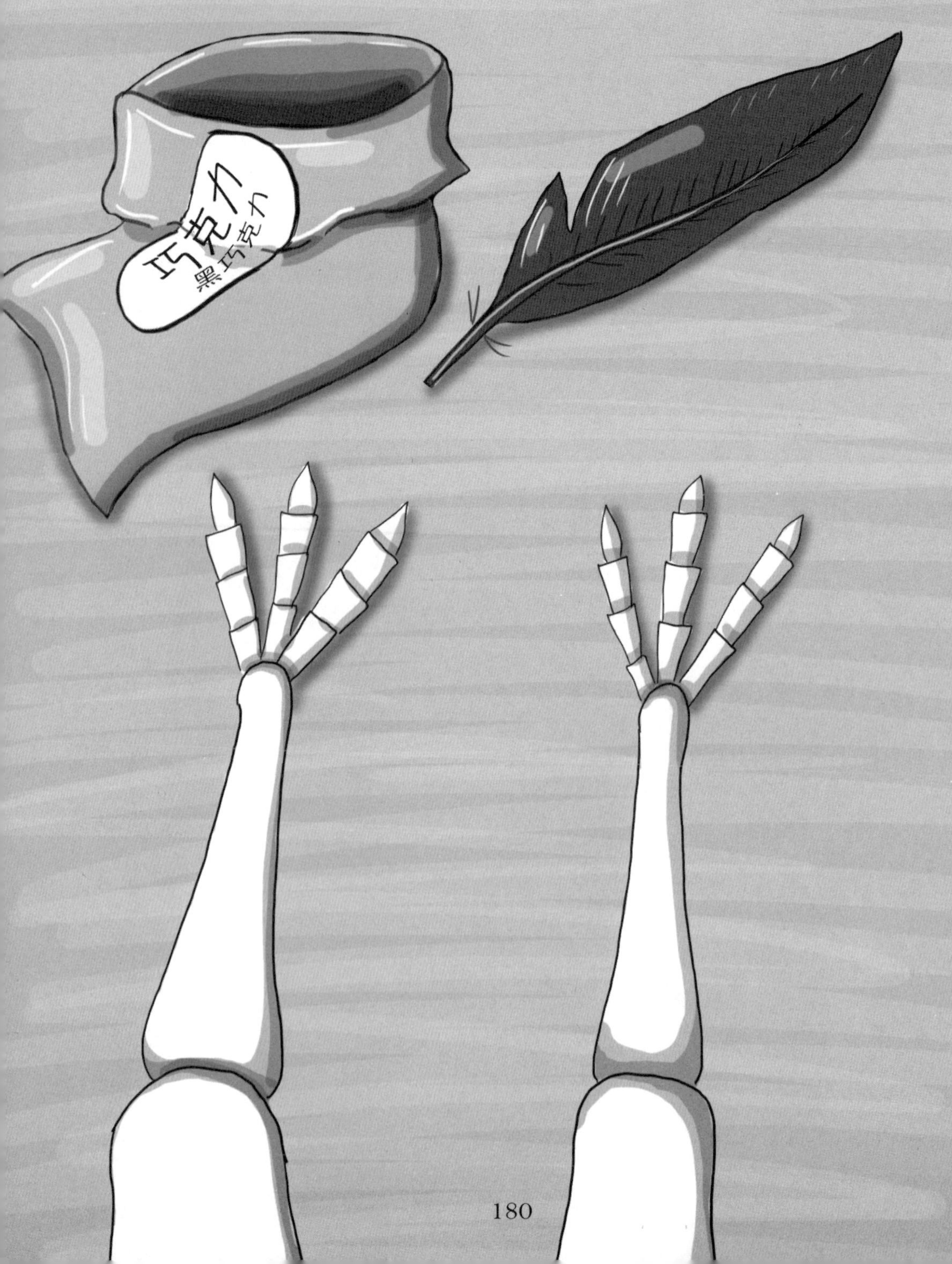

喔，華茲，
你的藍色是
那麼的可愛。

咦，這根羽毛不是華茲的，
顏色好深，幾乎是黑的。

沒有了你，我
該怎麼辦？

咦，有蝴蝶不見了。

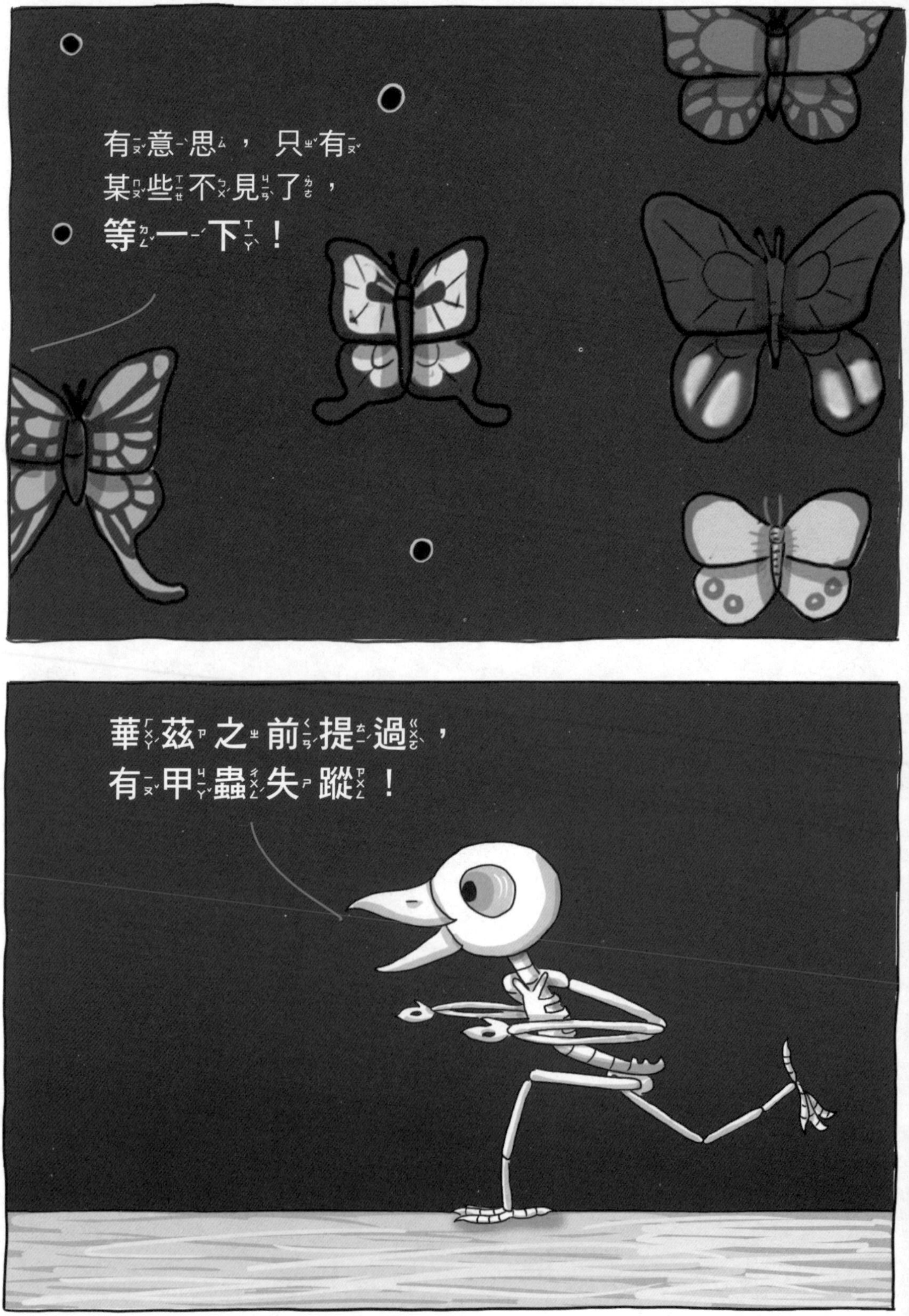

有意思，只有
某些不見了，
等一下！

華茲之前提過，
有甲蟲失蹤！

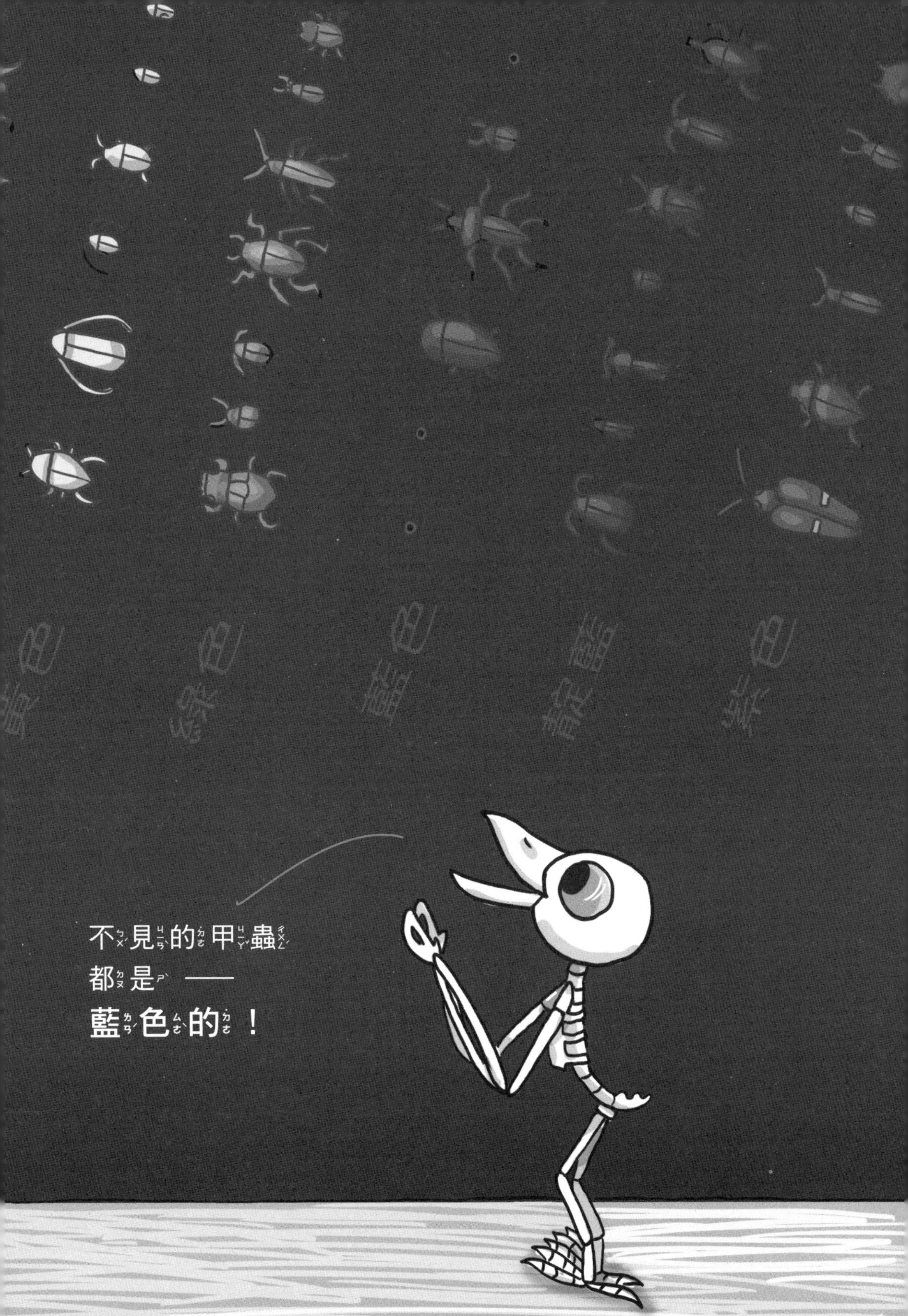
綠色
藍色
靛藍
紫色
不見的甲蟲
都是——
藍色的！

巧克力的**藍色**包裝紙不見了！

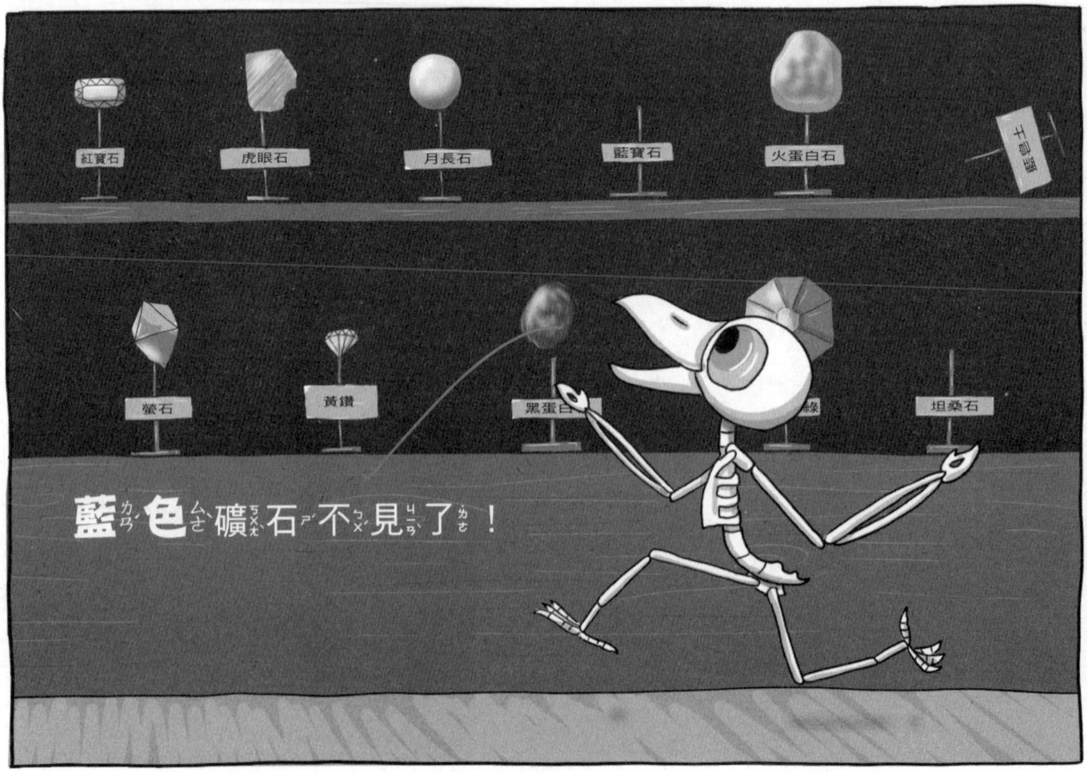

藍色礦石不見了！

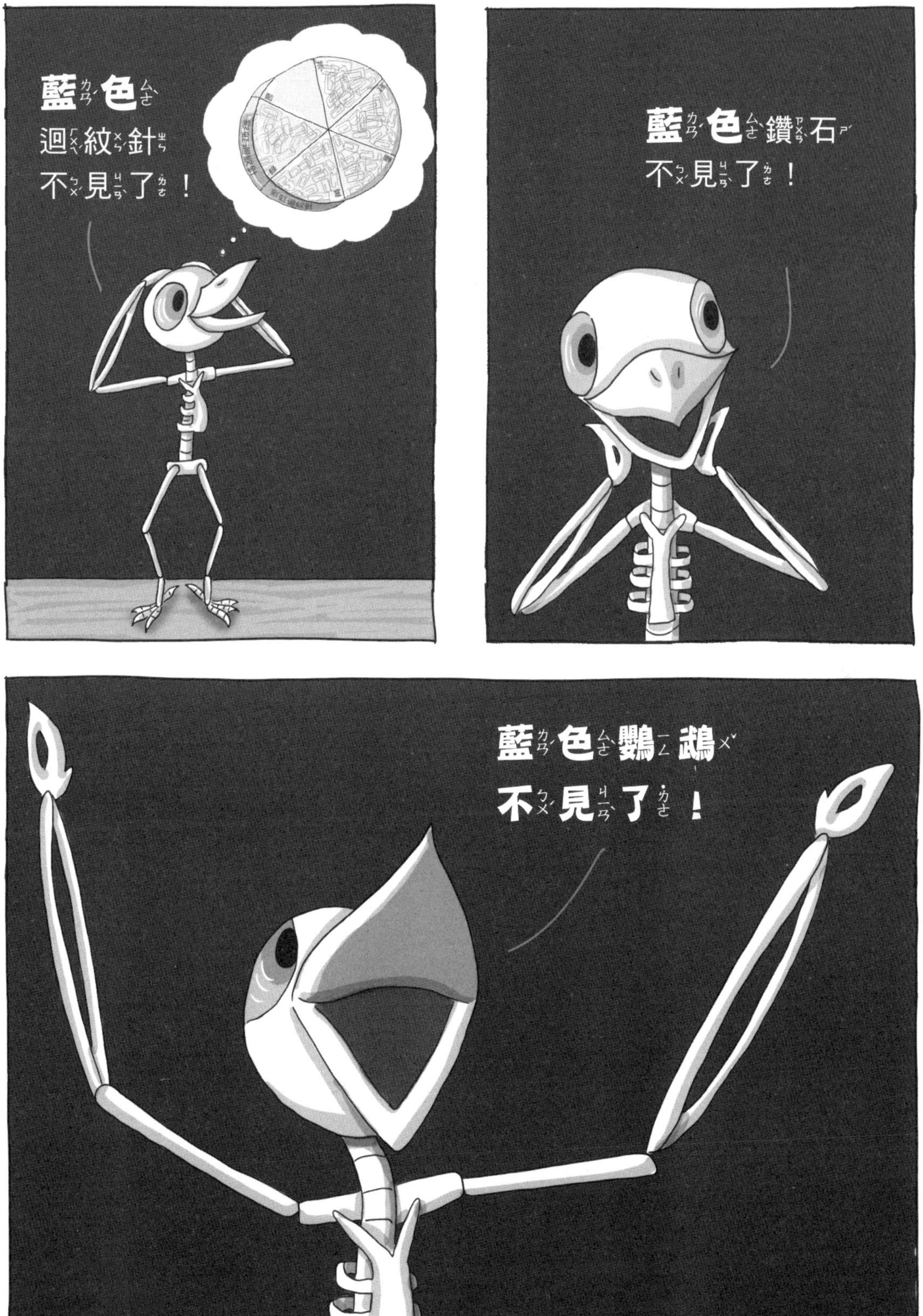

藍色鸚鵡
不見了！

學學我們的園丁鳥
成為收藏家

來參觀雨林生態吧！

答案很明顯了。

我來了，華茲！

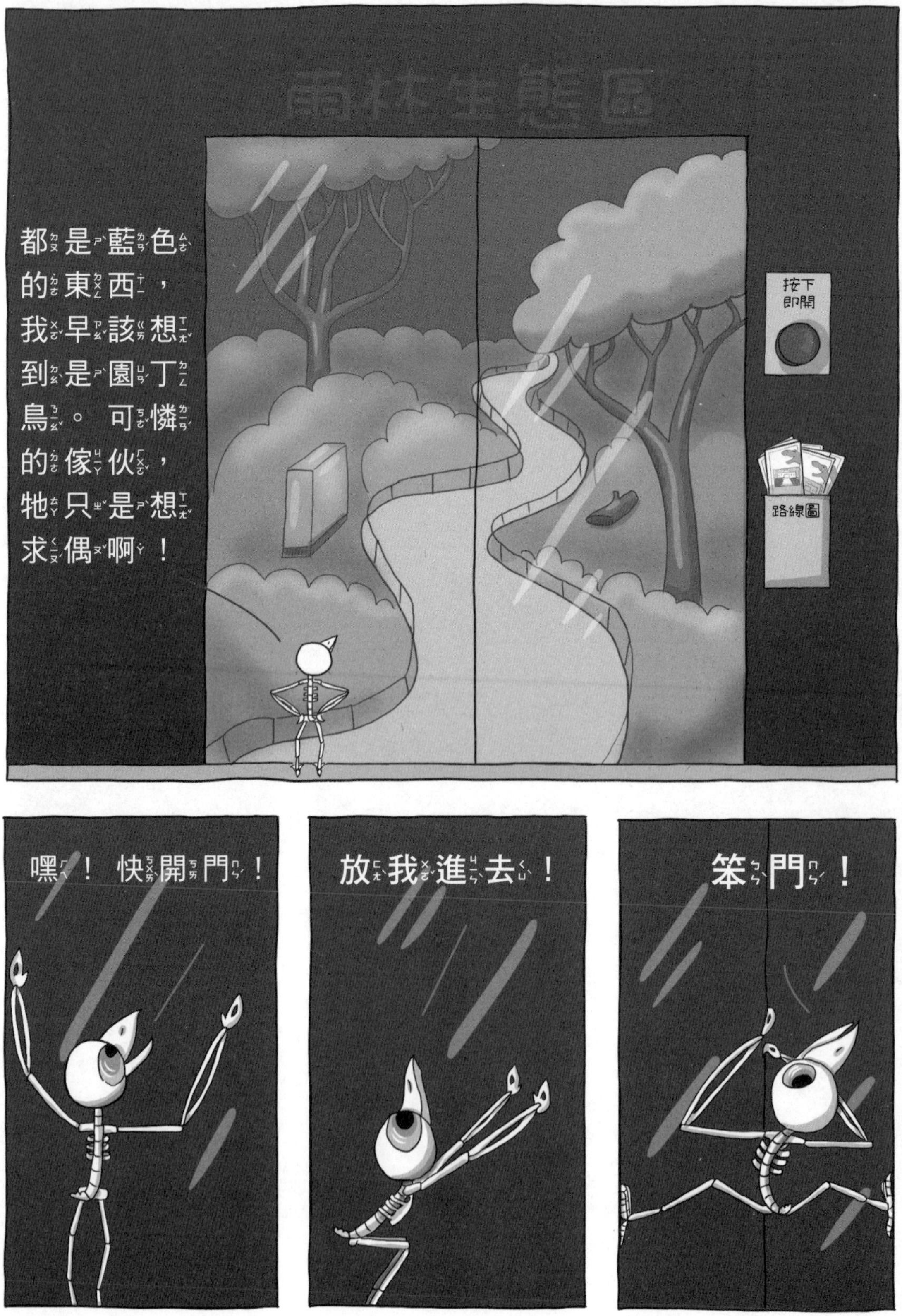

都是藍色的東西，我早該想到是園丁鳥。可憐的傢伙，牠只是想求偶啊！

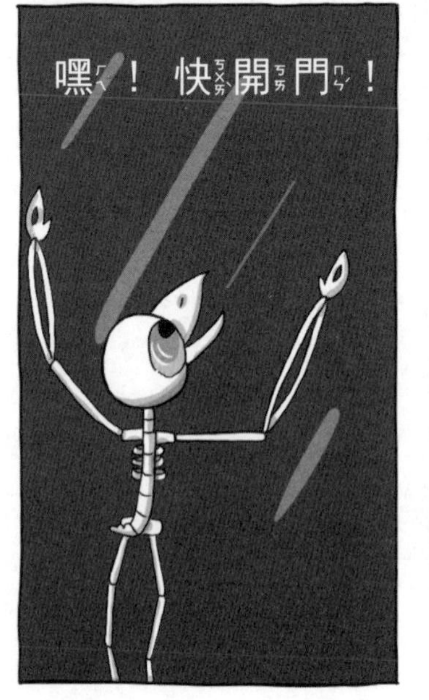

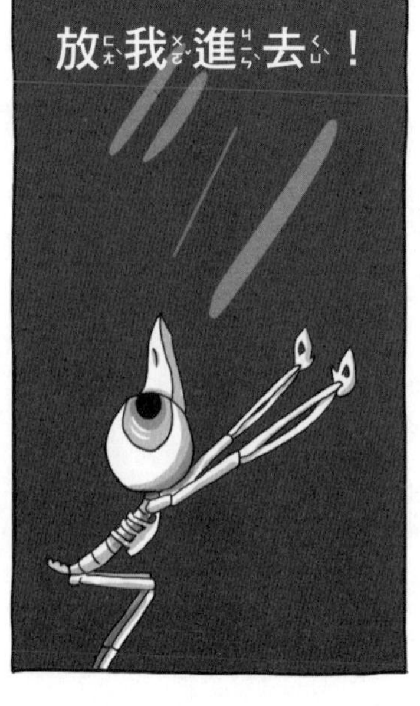

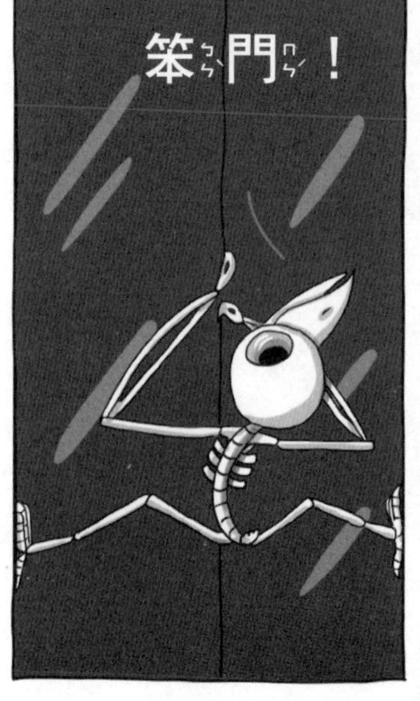

返回博物館
要離開
請按

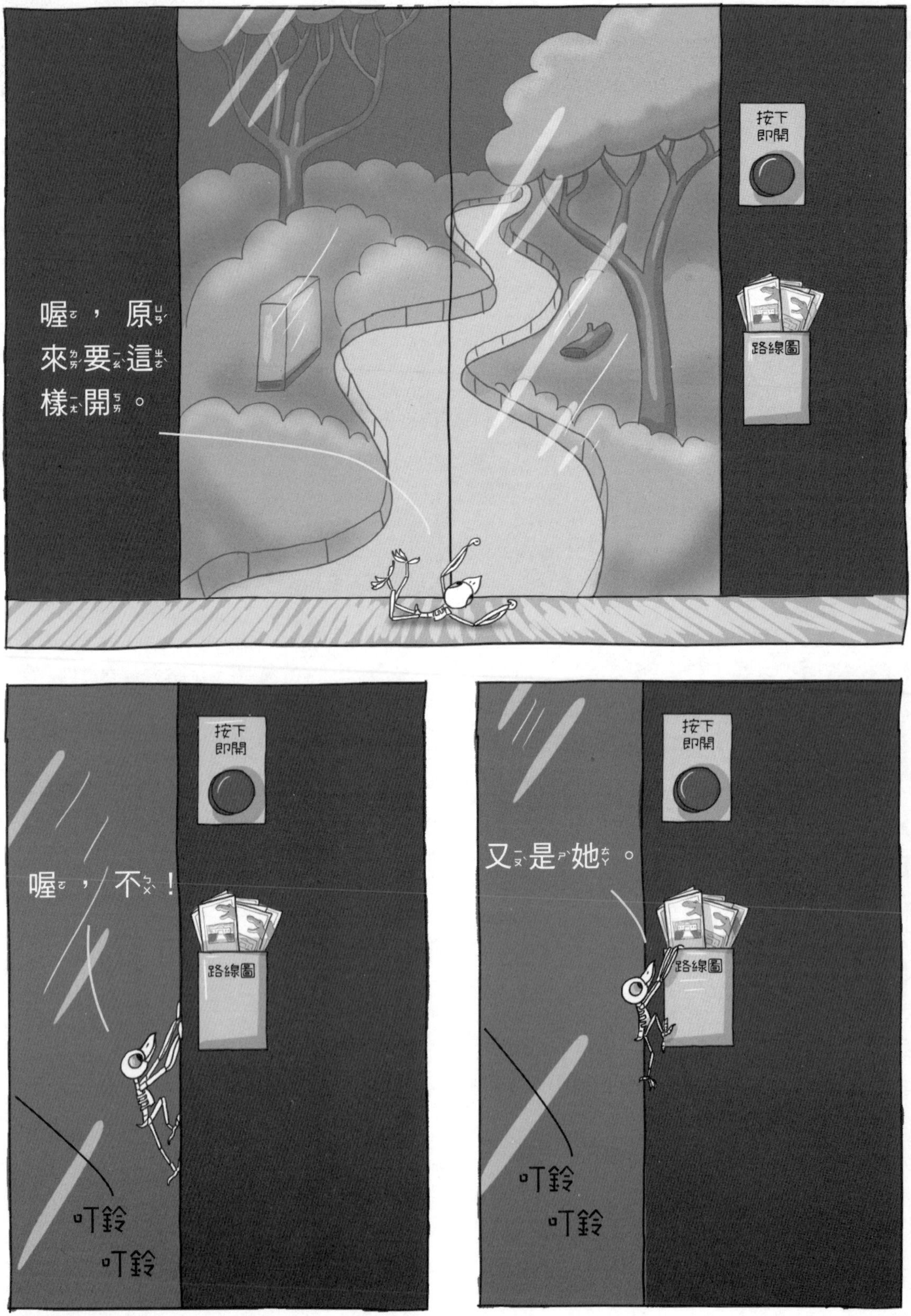

按下即開

路線圖

喔，原來要這樣開。

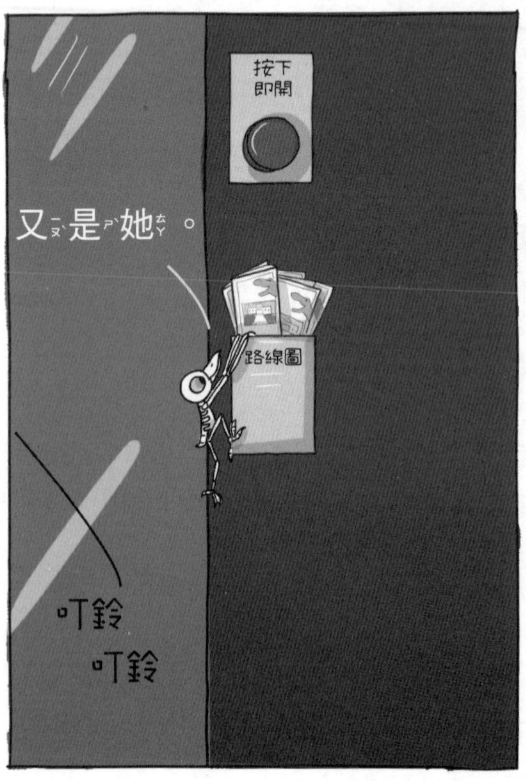

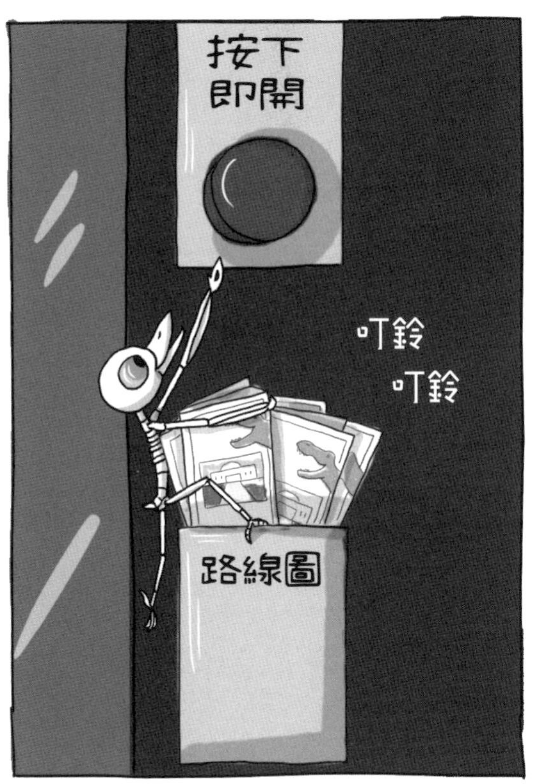

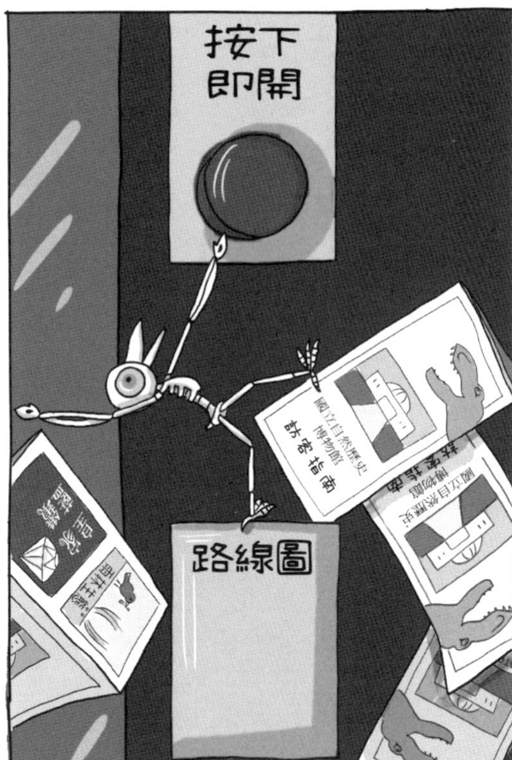

叮鈴
叮鈴
雨林生態
皇家
藍鑽
國立自然歷史
博物館
訪客指南
雨林生態

按下即開

哈、哈、哈囉？
哈囉？

這、這、這裡有人嗎？

路線圖

叮鈴
叮鈴

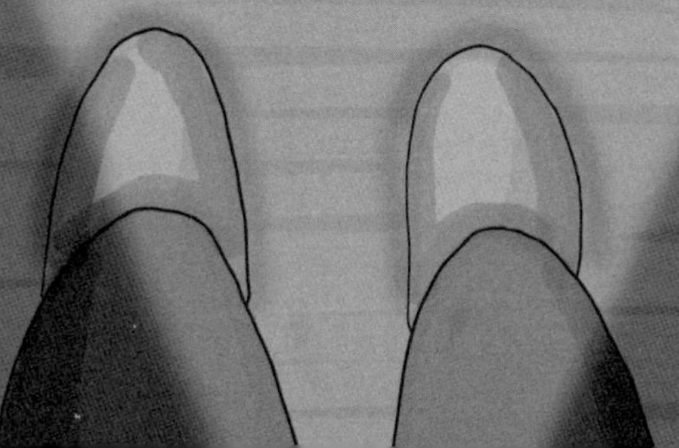
繽紛的生物
雨林生態
迷你獸
皇家
藍鑽
國立自然歷史
博物館
訪客指南
叮鈴
叮鈴

雨林生態
皇家藍鑽
那隻傻鳥喜歡藍色，牠有沒有可能……
叮鈴

不、不、不可能。
還是有可能呢？
叮鈴
路線圖

我打賭就是牠拿的！
叮鈴
路線圖
皇家藍鑽
叮鈴

按下
即開
路線圖
叮鈴
叮鈴

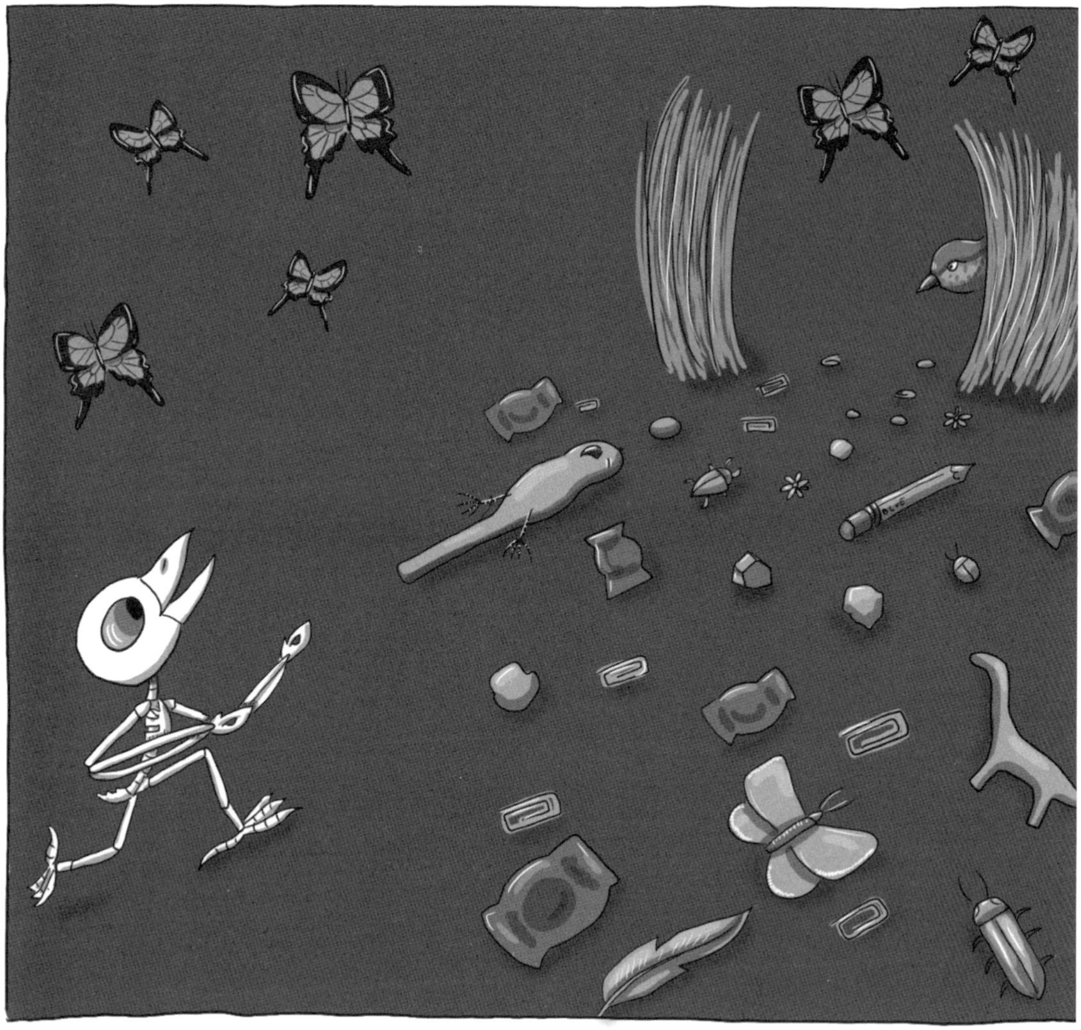

真高興
又見到你了，
華茲。
（呼！呼！）

緞藍園丁鳥

Ptilonorhynchus violaceus

雄性：靛藍

雌性：橄欖綠，腹部顏色較淺，深棕色斑紋

園丁鳥住在潮溼的雨林和林地中。牠們以水果、樹葉和昆蟲為主食。雄鳥會搭配粗細枝條在地上築起涼亭，用牠能找到的藍色物品裝飾那片地，希望能吸引雌鳥。

所以，你看到鑽石了嗎？

警衛要過來了，她準備拿走園丁鳥從博物館偷走的鑽石。

你看這些東西！
沒錯吧！就跟你說葛瑞絲不是小偷。

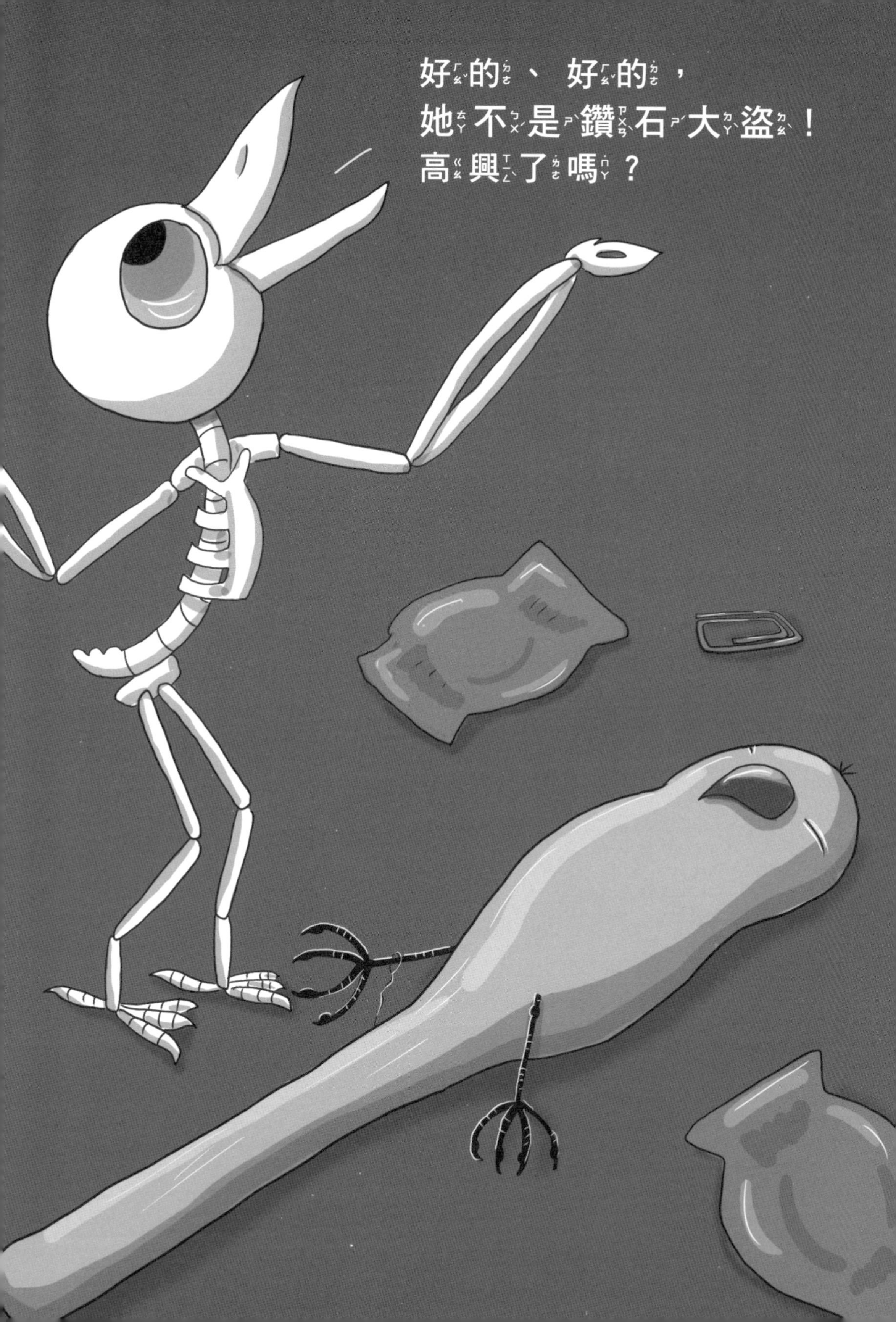
好的、好的，
她不是鑽石大盜！
高興了嗎？

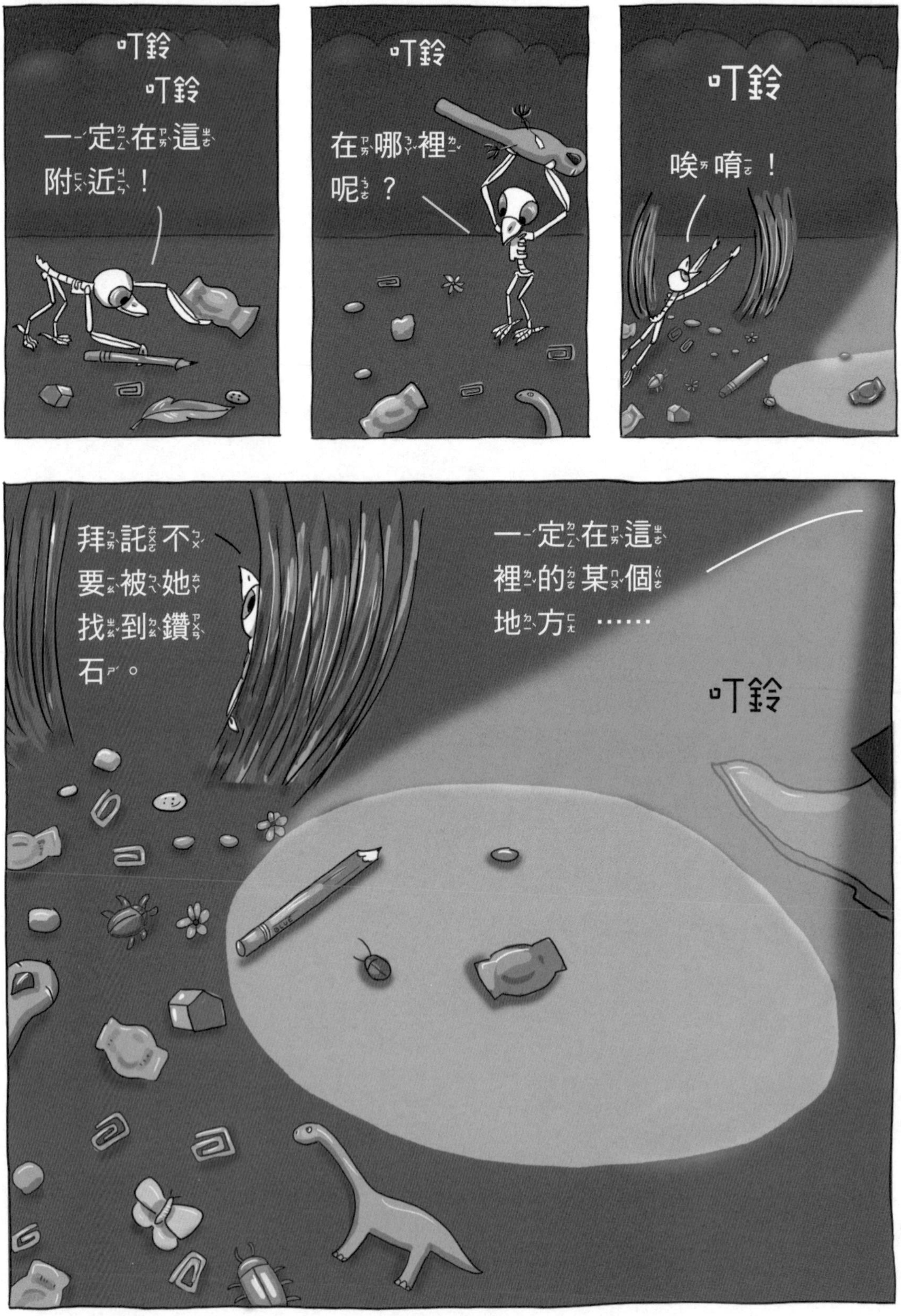

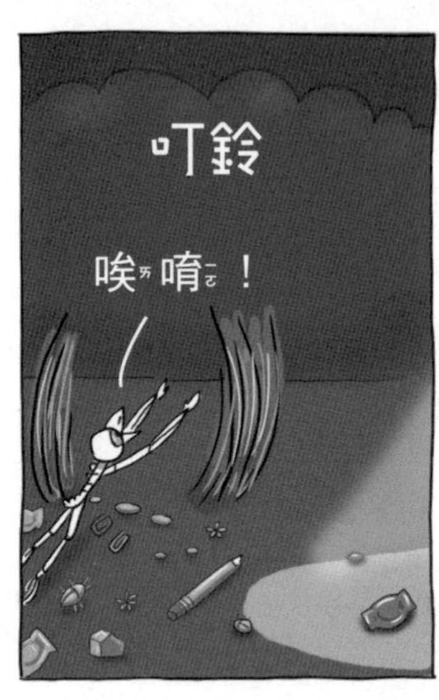

拜託不要被她找到鑽石。

一定在這裡的某個地方……

叮鈴

在這裡！！！
我找到了！

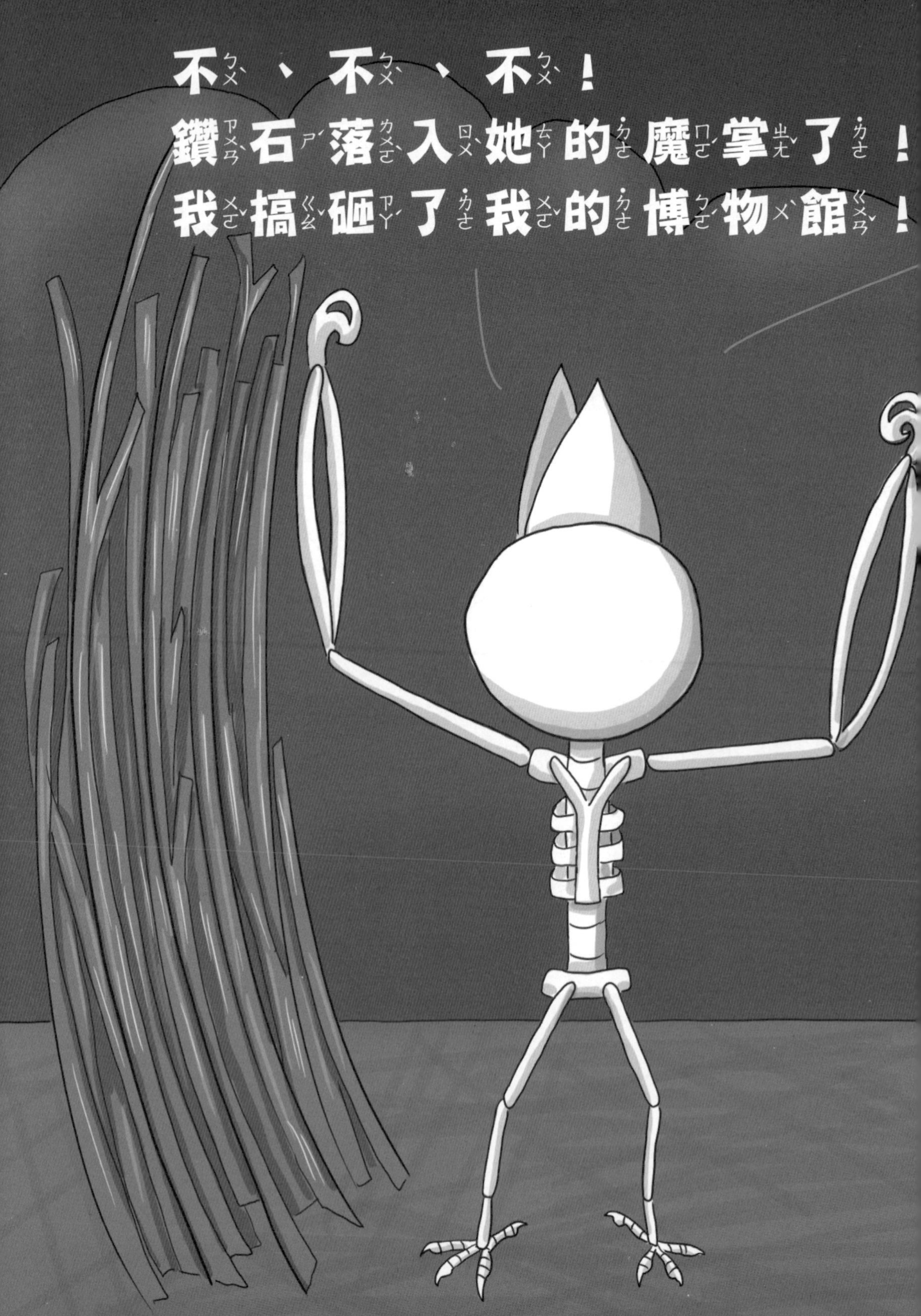
不、不、不！
鑽石落入她的魔掌了！
我搞砸了我的博物館！

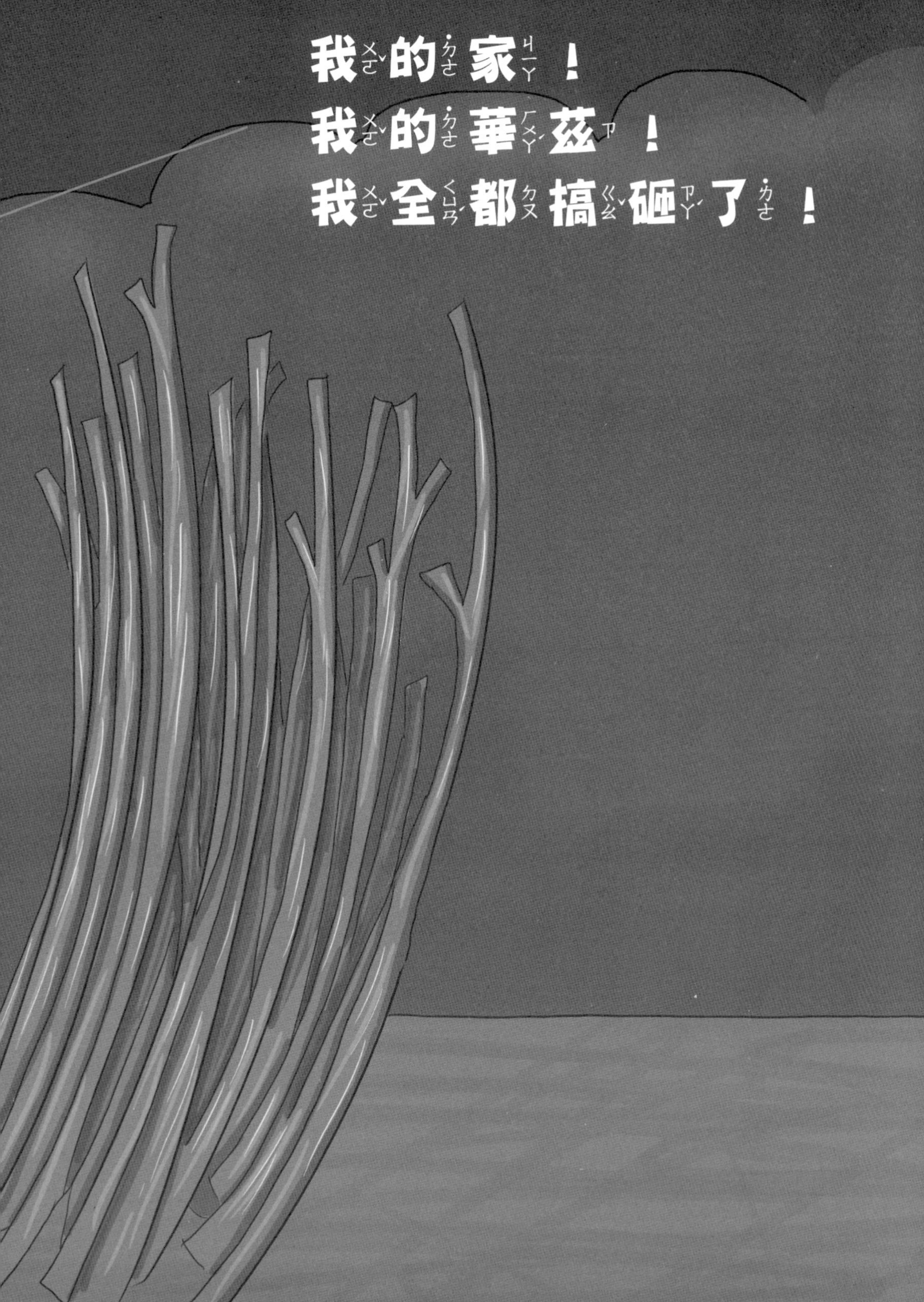
我的家！
我的華茲！
我全都搞砸了！

第十章　大錯特錯

什麼？
她一直在找的是恐龍？
她不是應該要找遺失的鑽石才對嗎？

嘿！那個東西怎麼會在這裡？

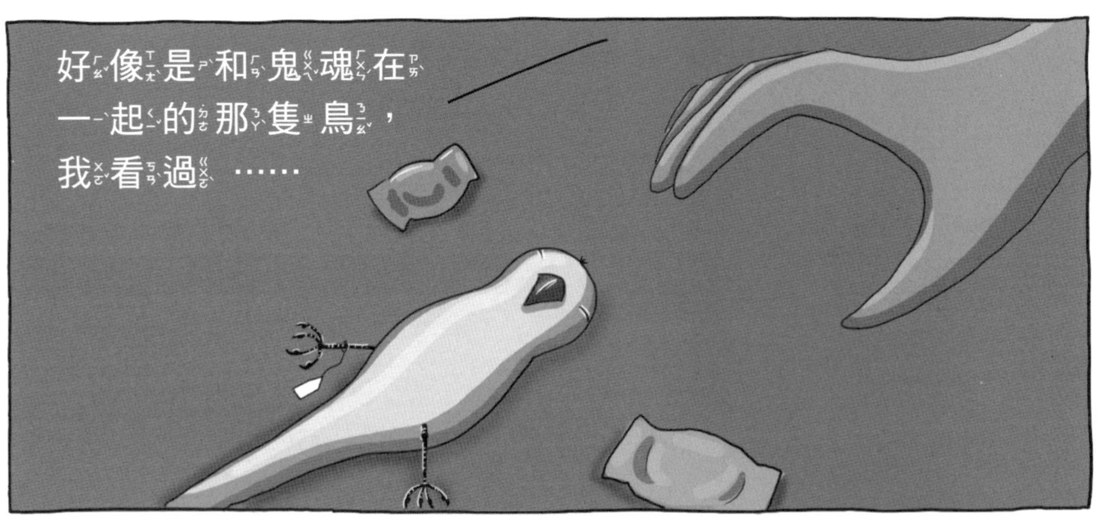
好像是和鬼魂在一起的那隻鳥，我看過……

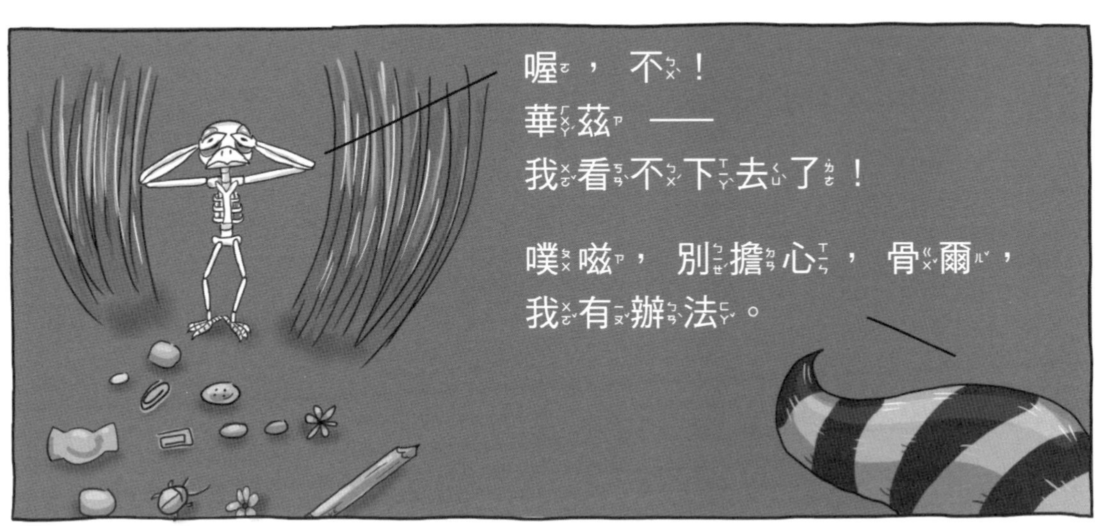
喔，不！
華茲——
我看不下去了！
噗嗞，別擔心，骨爾，我有辦法。

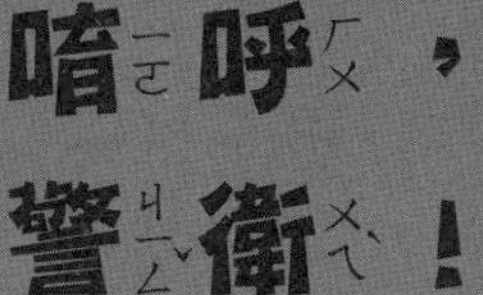

唷呼，
警衛！

你們的博物館
有一隻入侵的
浣熊。

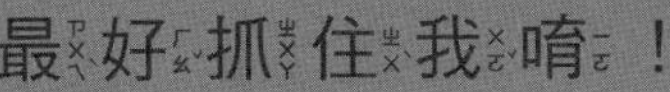

在我惹出麻煩之前，
最好抓住我唷！

嘿，女士，你忘了你的恐龍！
喔，等等，我在說什麼啊？
我又不希望她回來
快逃，葛瑞絲！快逃啊！

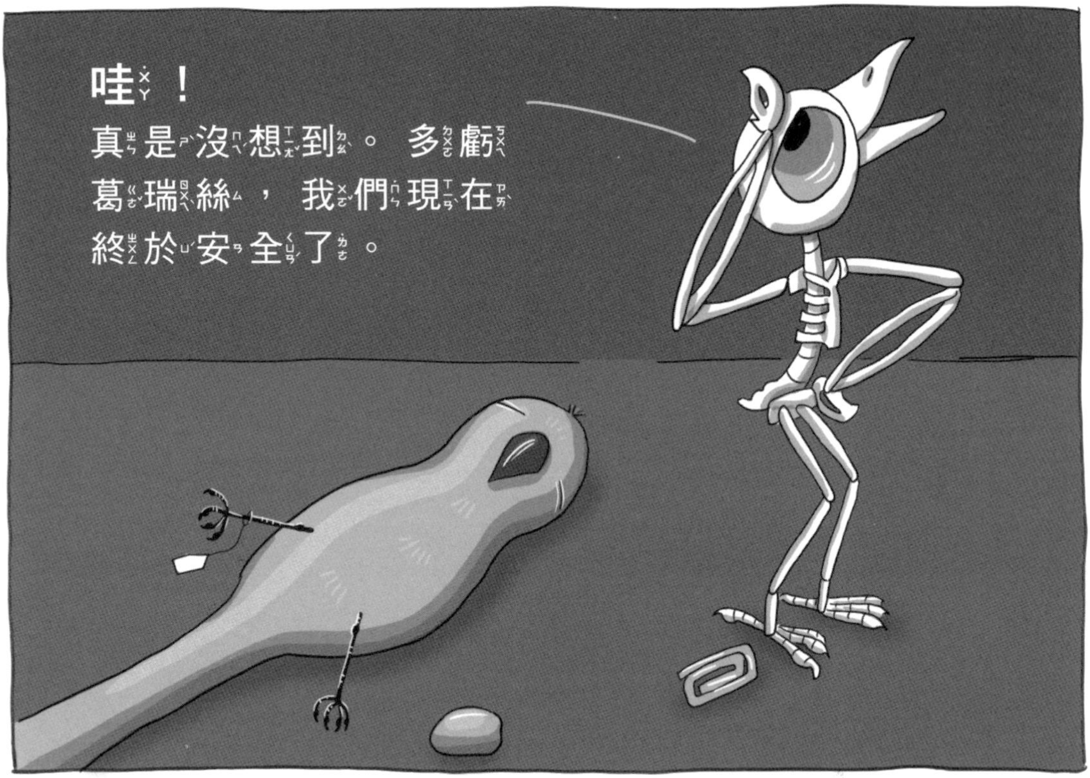

哇！
真是沒想到。多虧葛瑞絲，我們現在終於安全了。

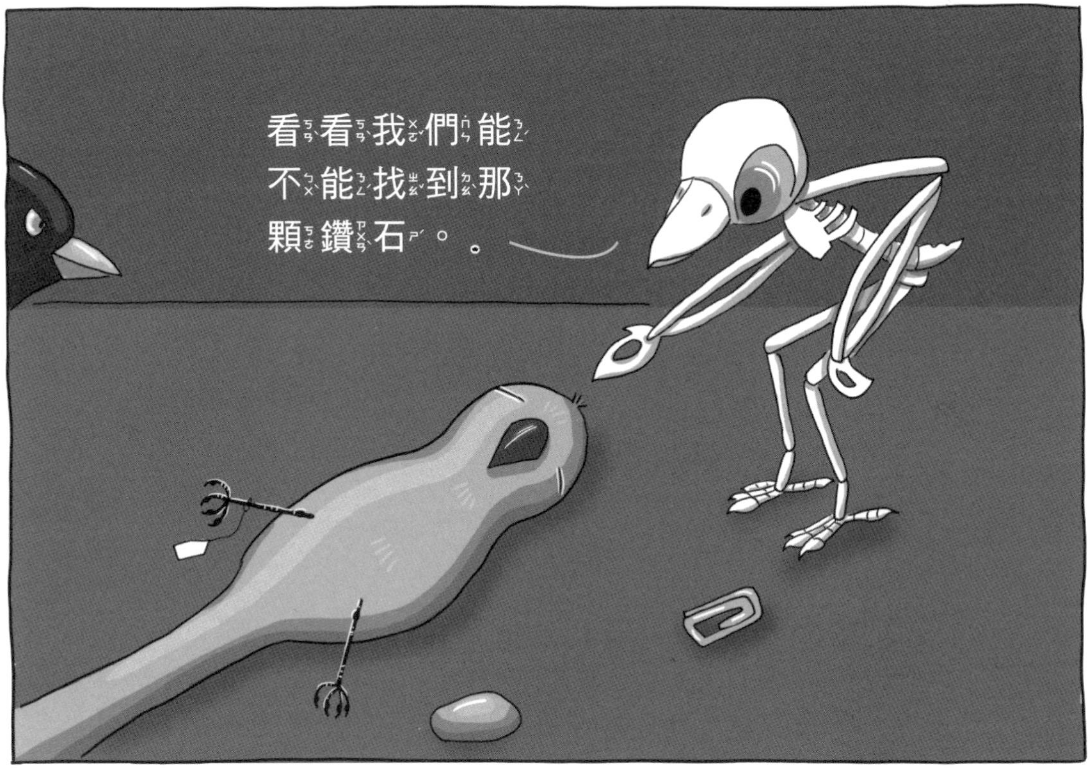

看看我們能不能找到那顆鑽石。。

喔，哈囉，

你好。

嘿，我們是同類，
有話好說。我什麼
都不打算拿……

嗯……除了這
隻鸚鵡，還有
那顆鑽石，如
果我找得到的
話。

現在，你介意
告訴我鑽石在
哪嗎？

這時機也太巧了吧！

哈！你看到那個傻瓜有多麼容易分心嗎？

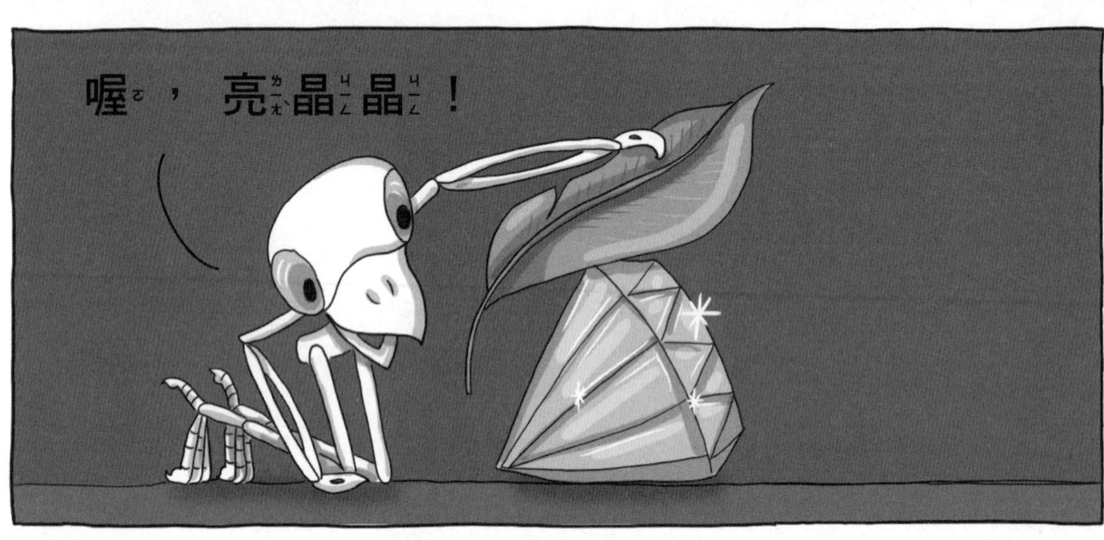
喔，亮晶晶！

好美麗又閃亮的……嗯，而且好重啊！

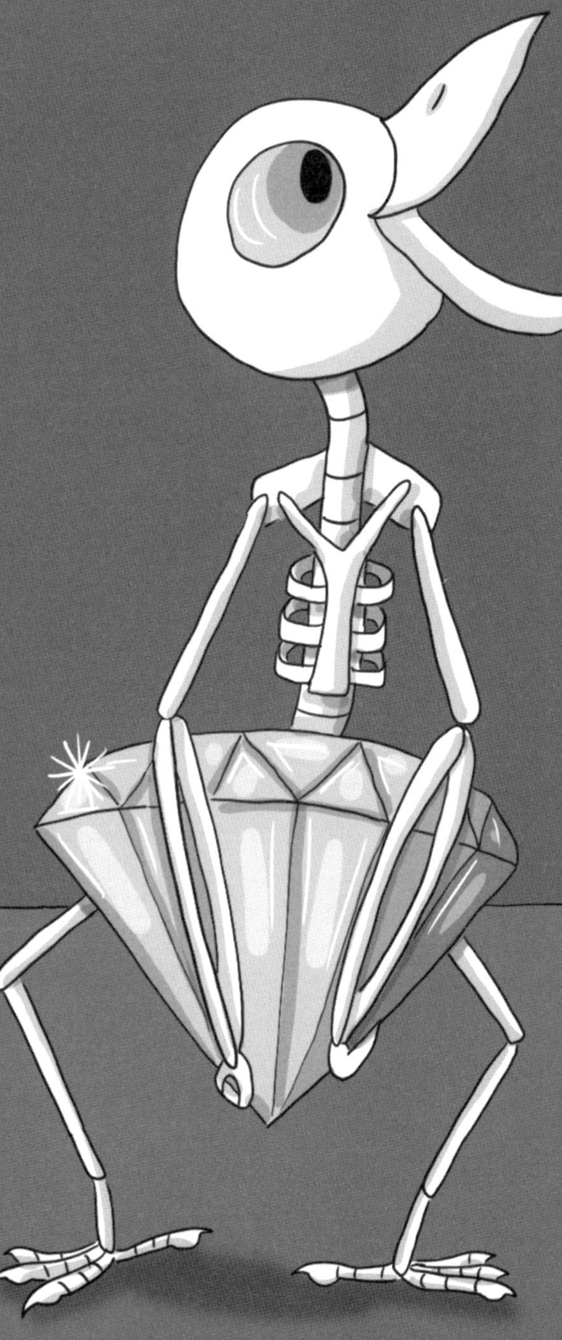

華茲！
華茲！
我們找到了！
我們救了這間博物館！

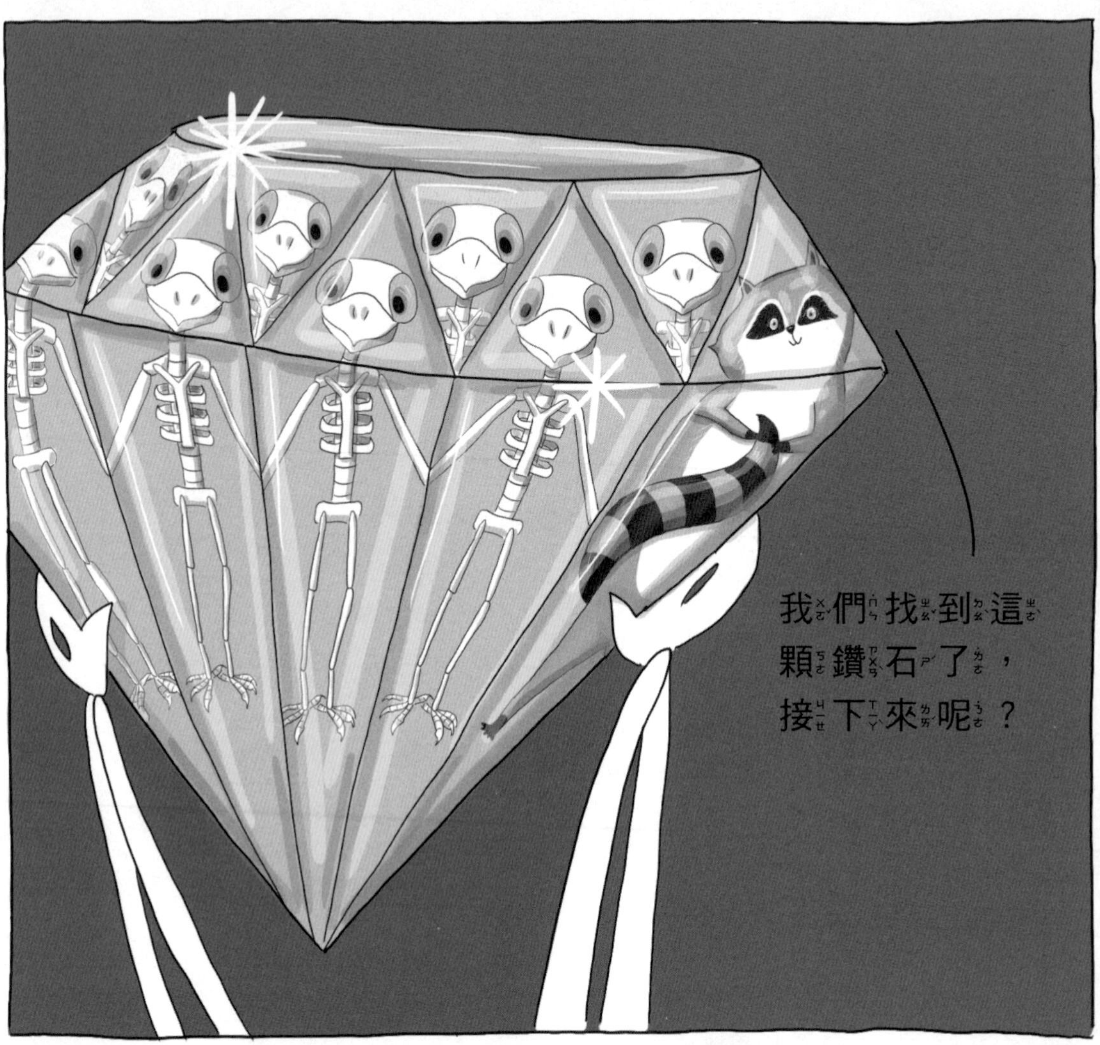

我們找到這顆鑽石了，接下來呢？

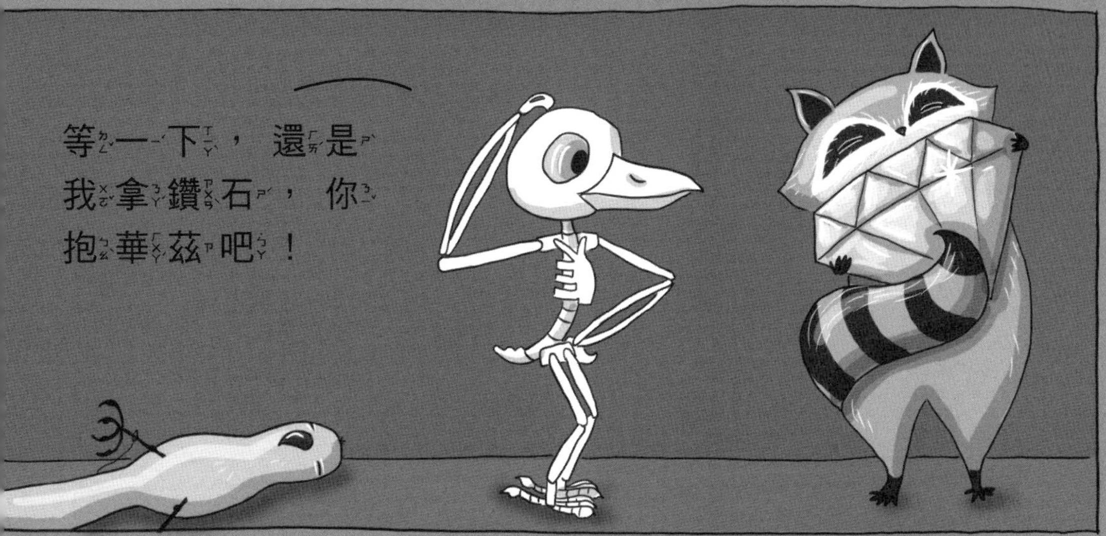

等一下，還是我拿鑽石，你抱華茲吧！

葛瑞絲把鑽石給我。

這是我的！

都是我的！

噓……你聽
到了嗎？

窸窣窸窣

咦，還好只是一隻可愛的小老鼠。

我是說，是一隻又大又醜，渾身是毛的老鼠。

葛瑞絲外面還有很多老鼠喔！牠們到處爬呢！

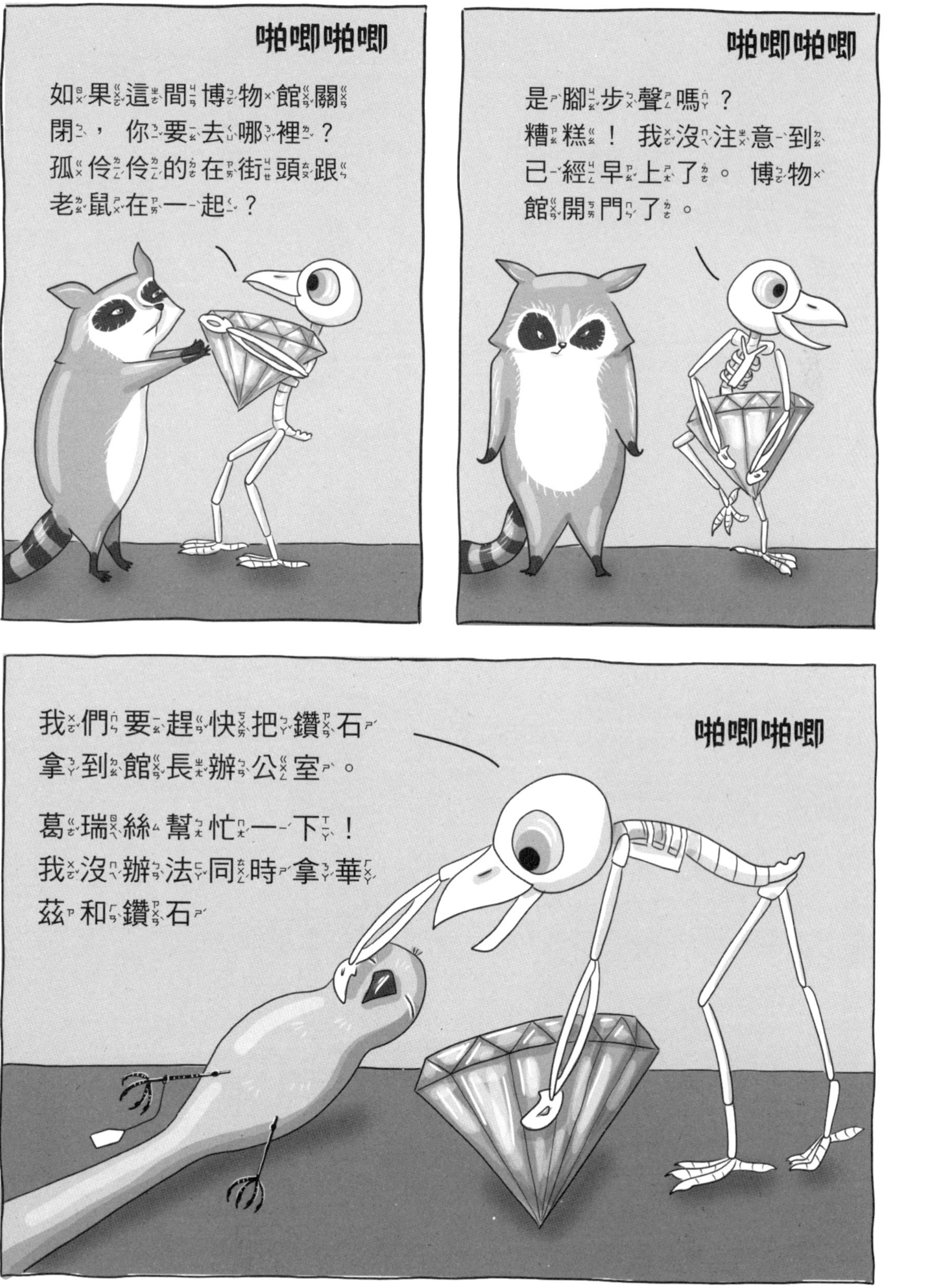

啪唧啪唧

是腳步聲嗎？糟糕！我沒注意到已經早上了。博物館開門了。

我們要趕快把鑽石拿到館長辦公室。

葛瑞絲幫忙一下！我沒辦法同時拿華茲和鑽石

啪唧啪唧

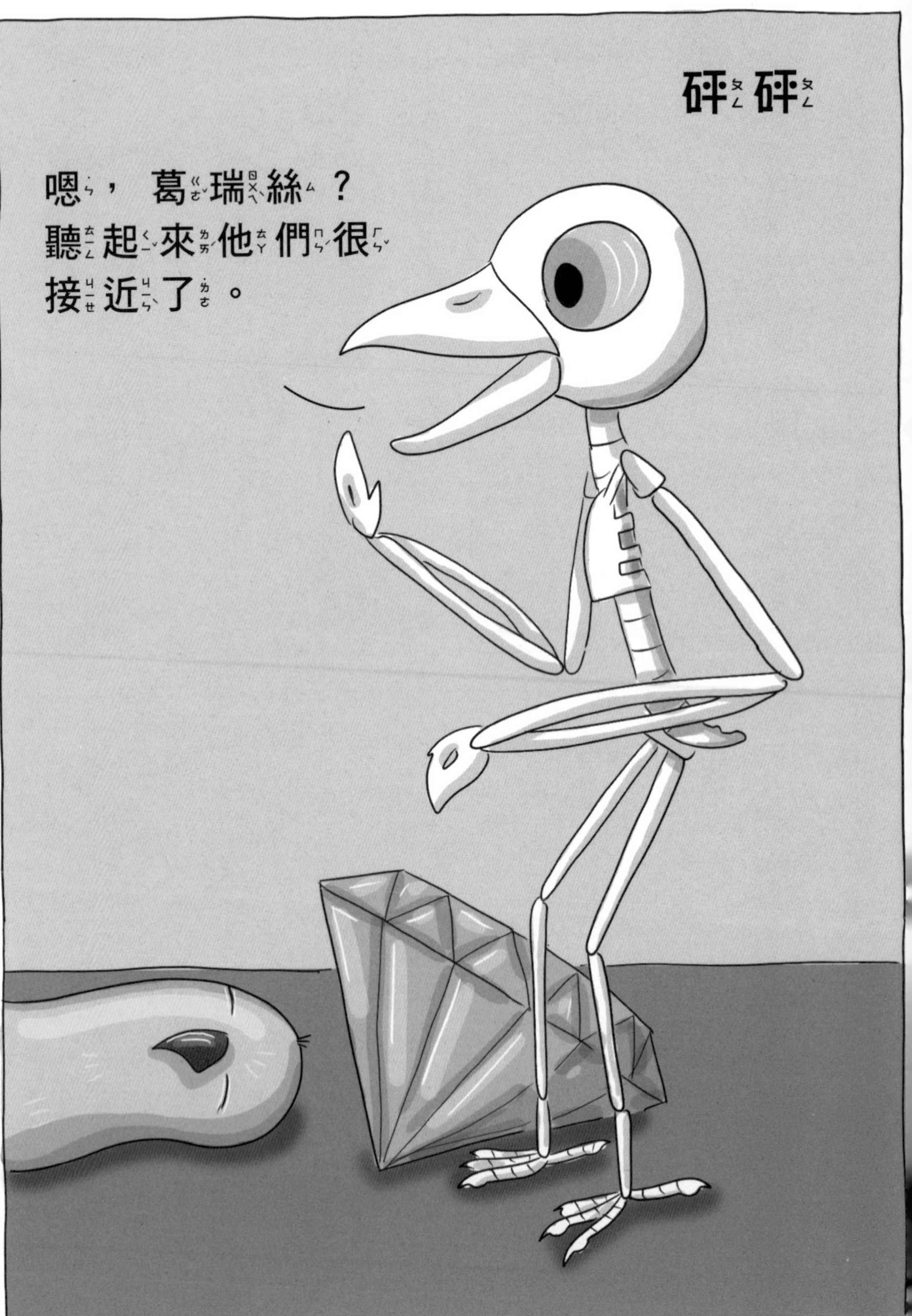
砰砰
嗯，葛瑞絲？
聽起來他們很
接近了。

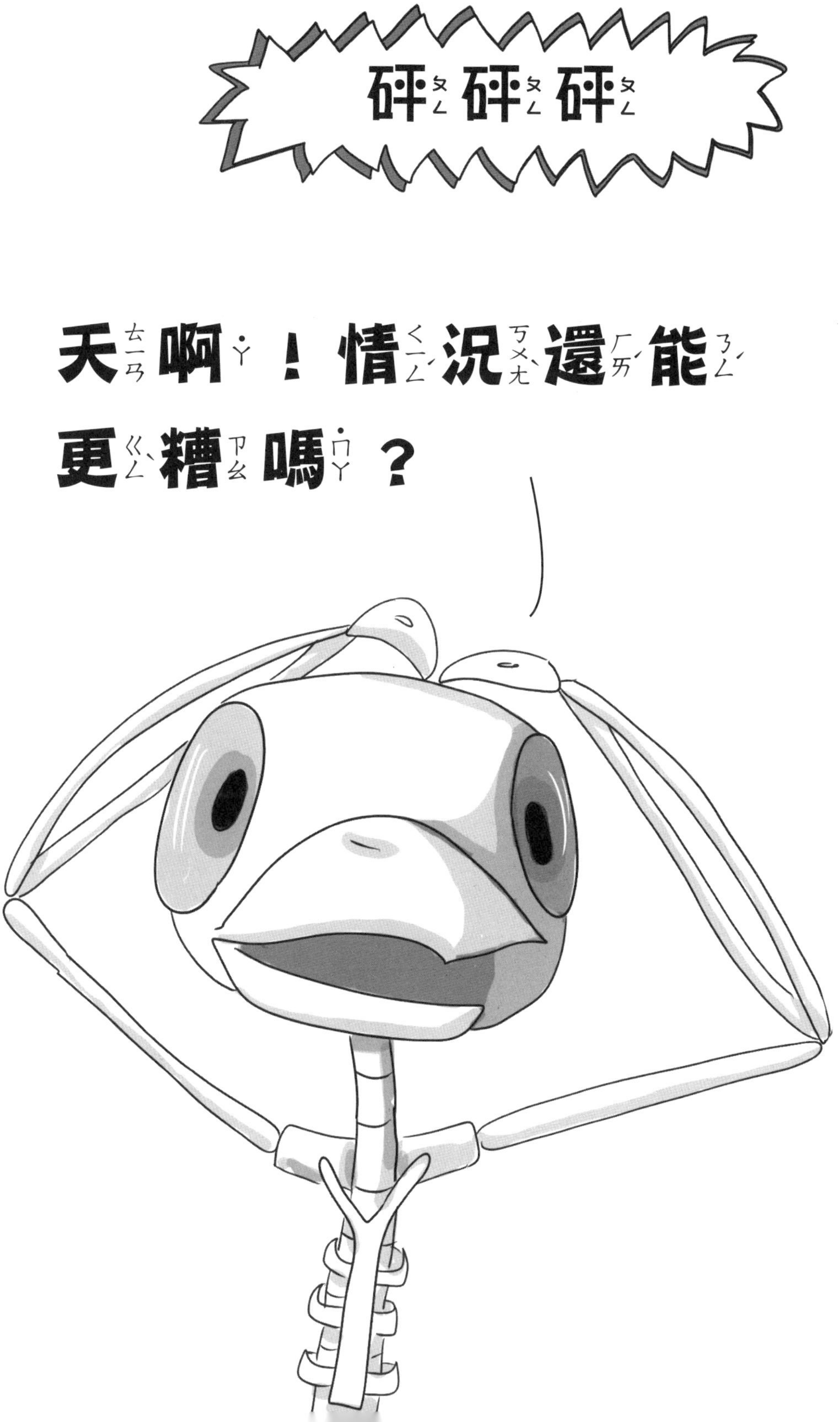

天啊！情況還能更糟嗎？

第十一章
是的，更糟了。
砰ㄆㄥ
砰ㄆㄥ
砰ㄆㄥ

曼蒂！
曼蒂！！
我找到小藍了！

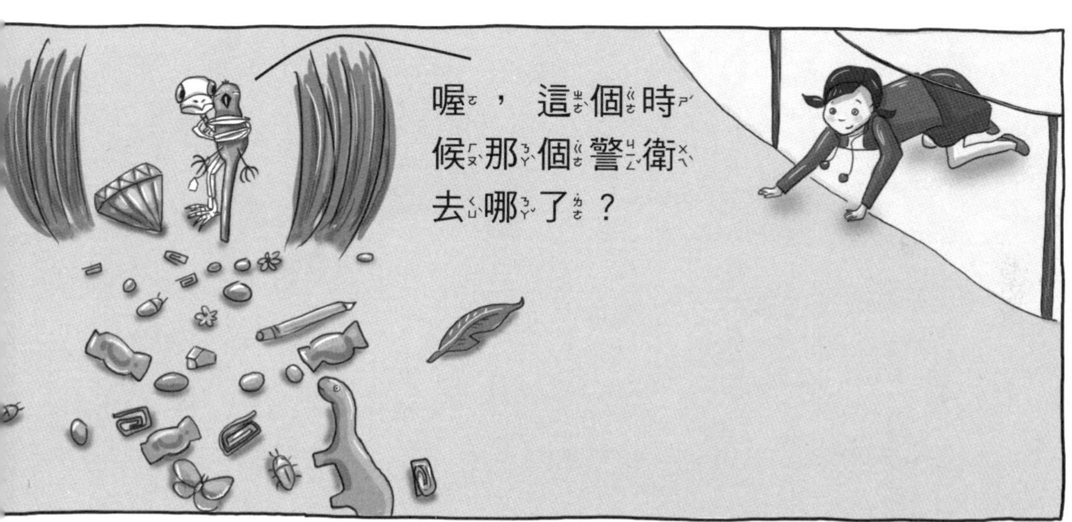
喔，這個時候那個警衛去哪了？

啊ㄚ！

噓ㄒㄩ！

曼蒂！曼蒂！我發現
一隻死掉的小鳥！

奈莉！奈莉？
你在哪裡？

曼蒂！曼蒂！
這裡有一隻活著的死小鳥！
不要碰牠，奈莉！
是園丁鳥嗎？
牠想吃小藍嗎？

過來吧，小鳥鳥。
我不會傷害你的。

喔天啊！我們現在該怎麼辦？

華茲我不想再失去你了！
你比鑽石更珍貴。

救華茲……

救博物館……

很抱歉親愛的夥伴，可是我別無選擇。

喂，小女孩！
快來抓我！

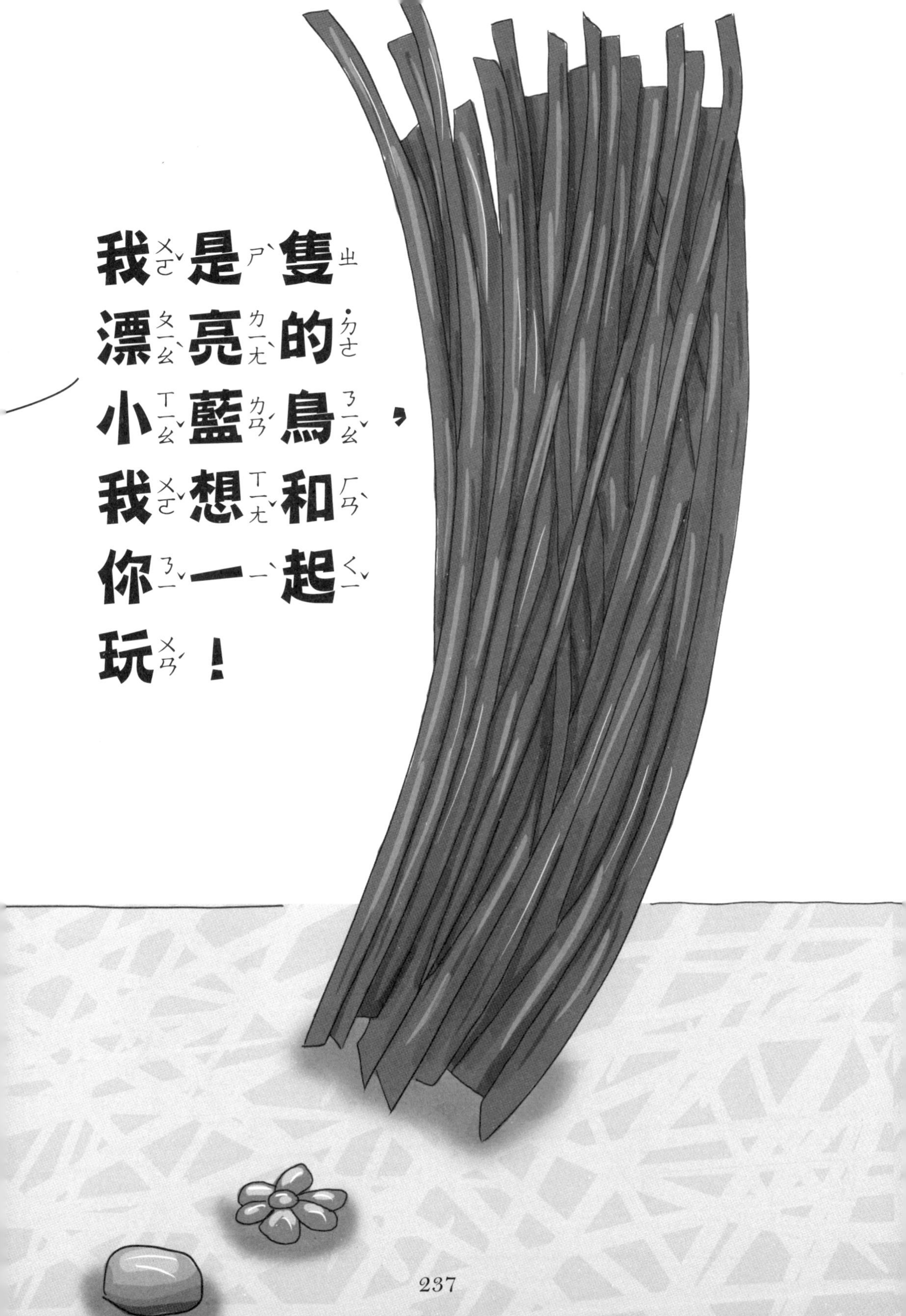

我是隻漂亮的小藍鳥，我想和你一起玩！

奈莉，
住手！

好美麗的
小鳥！

曼蒂！
你怎麼讓
她進去裡
面！

奈莉，馬
上回來，
不然我要
跟你爺爺
說。

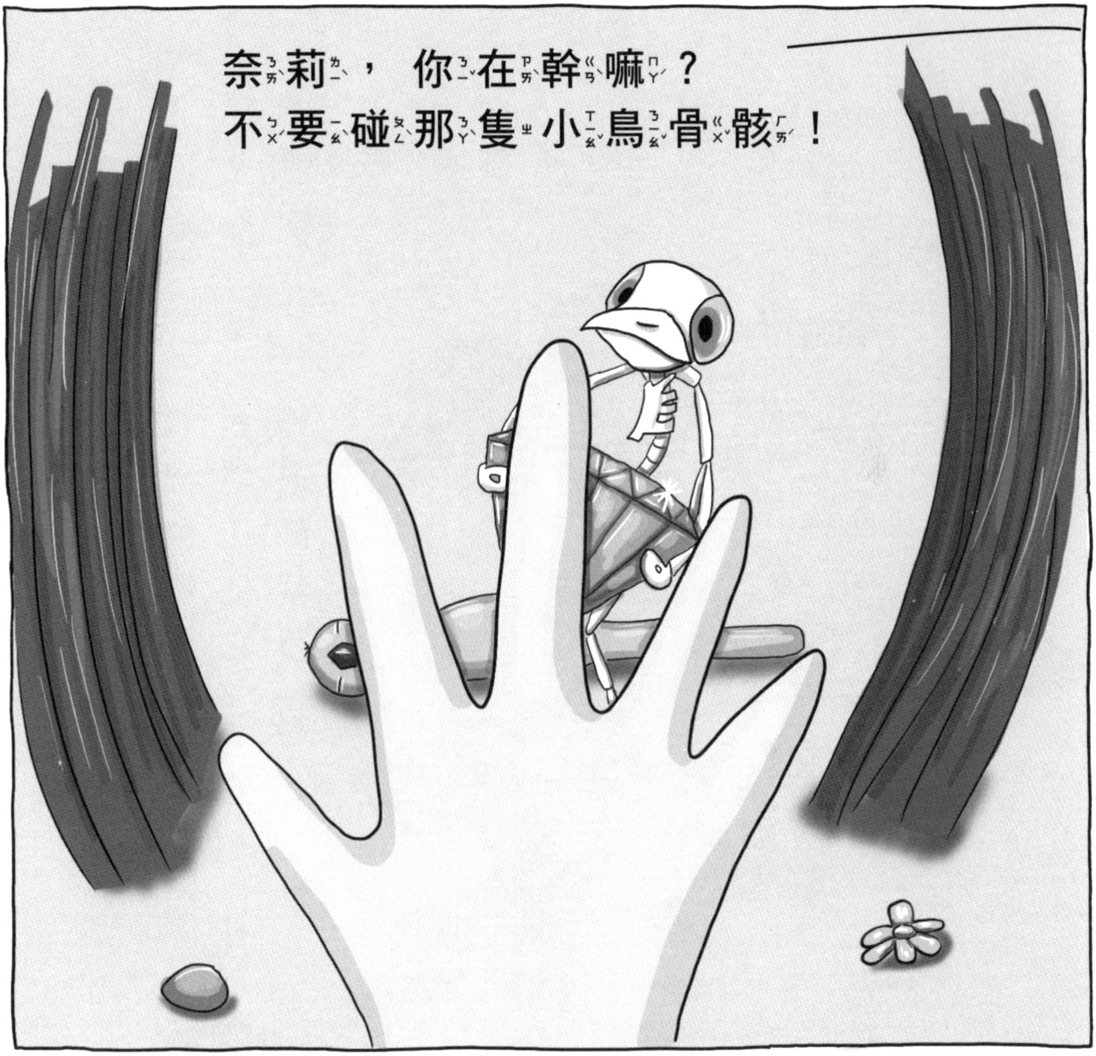

奈莉，你在幹嘛？
不要碰那隻小鳥骨骸！

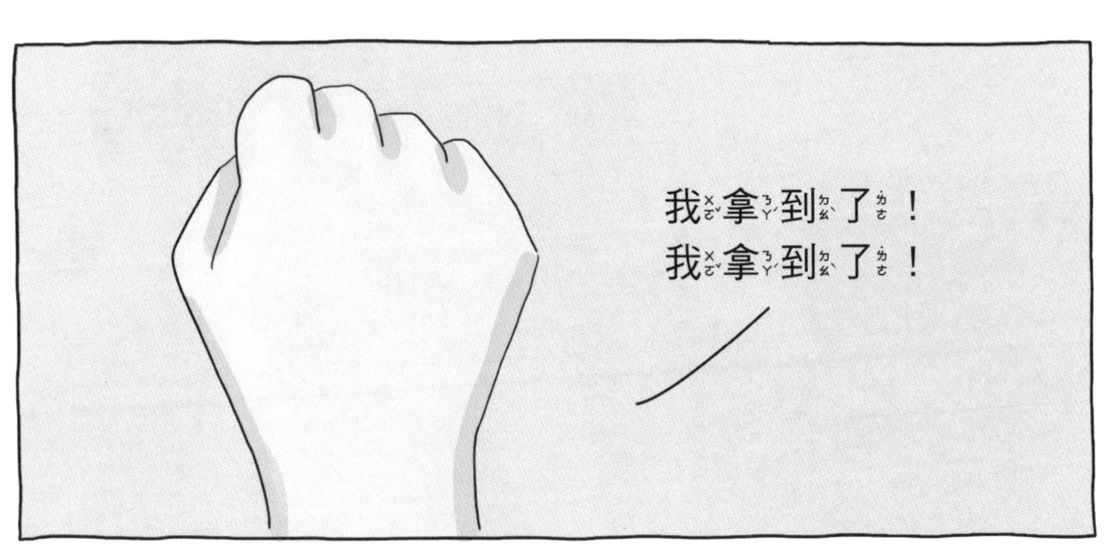

爸爸她好頑皮喔！
這是世界上最漂亮的東西！曼蒂，我能不能留著它？
拜託？

她不是博物館館長的孫女嗎？
放開那隻小鳥，奈莉。

哇，奈莉，你好棒喔！

小鳥！
回來啊！

第十二章　「浣」留下來

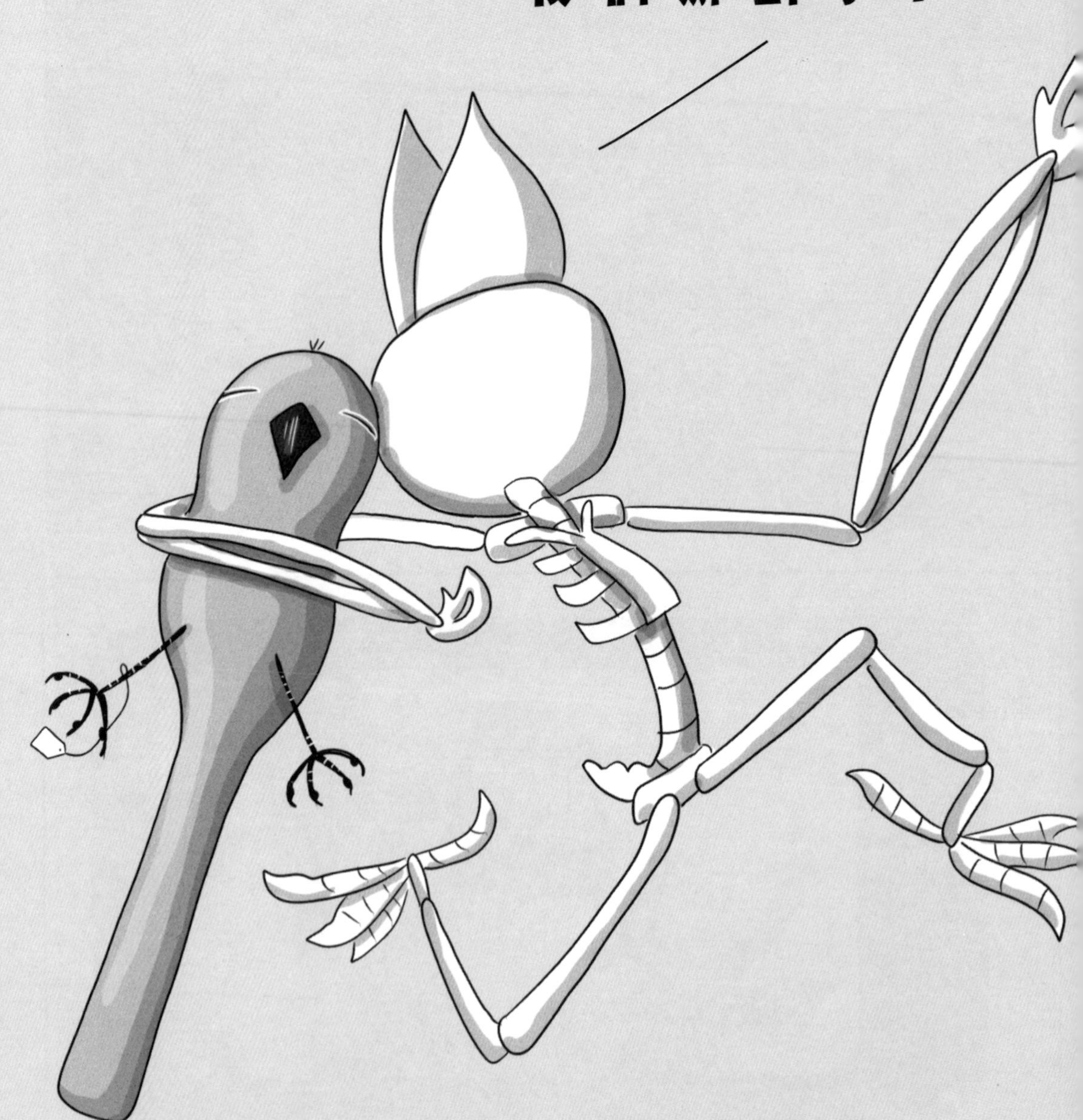

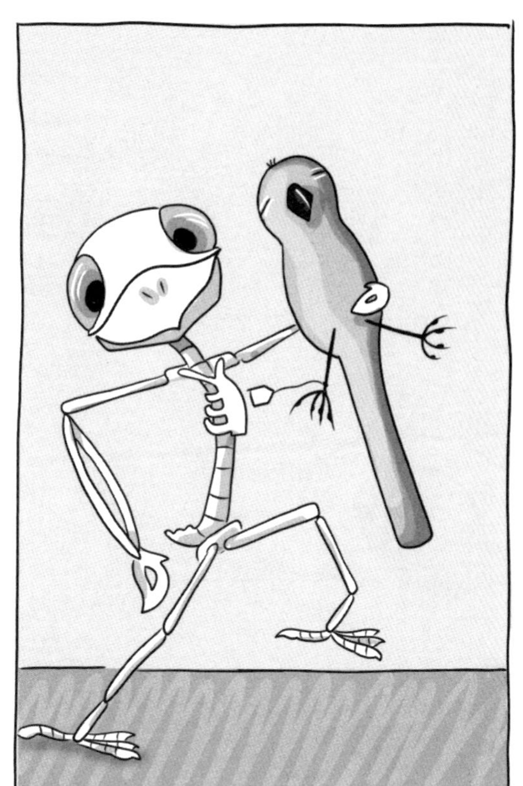

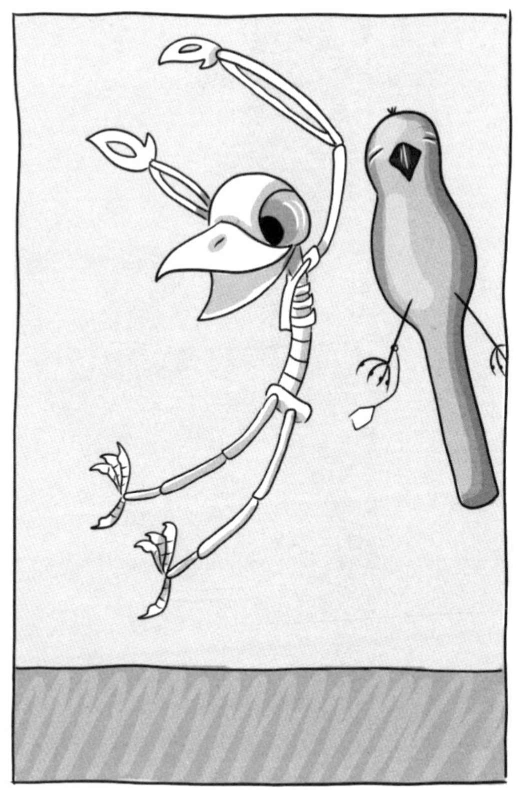

嘿，葛瑞絲！
你怎麼看起來一臉藍？

懂了嗎？藍——
憂鬱的顏色。

我是來說再見的。

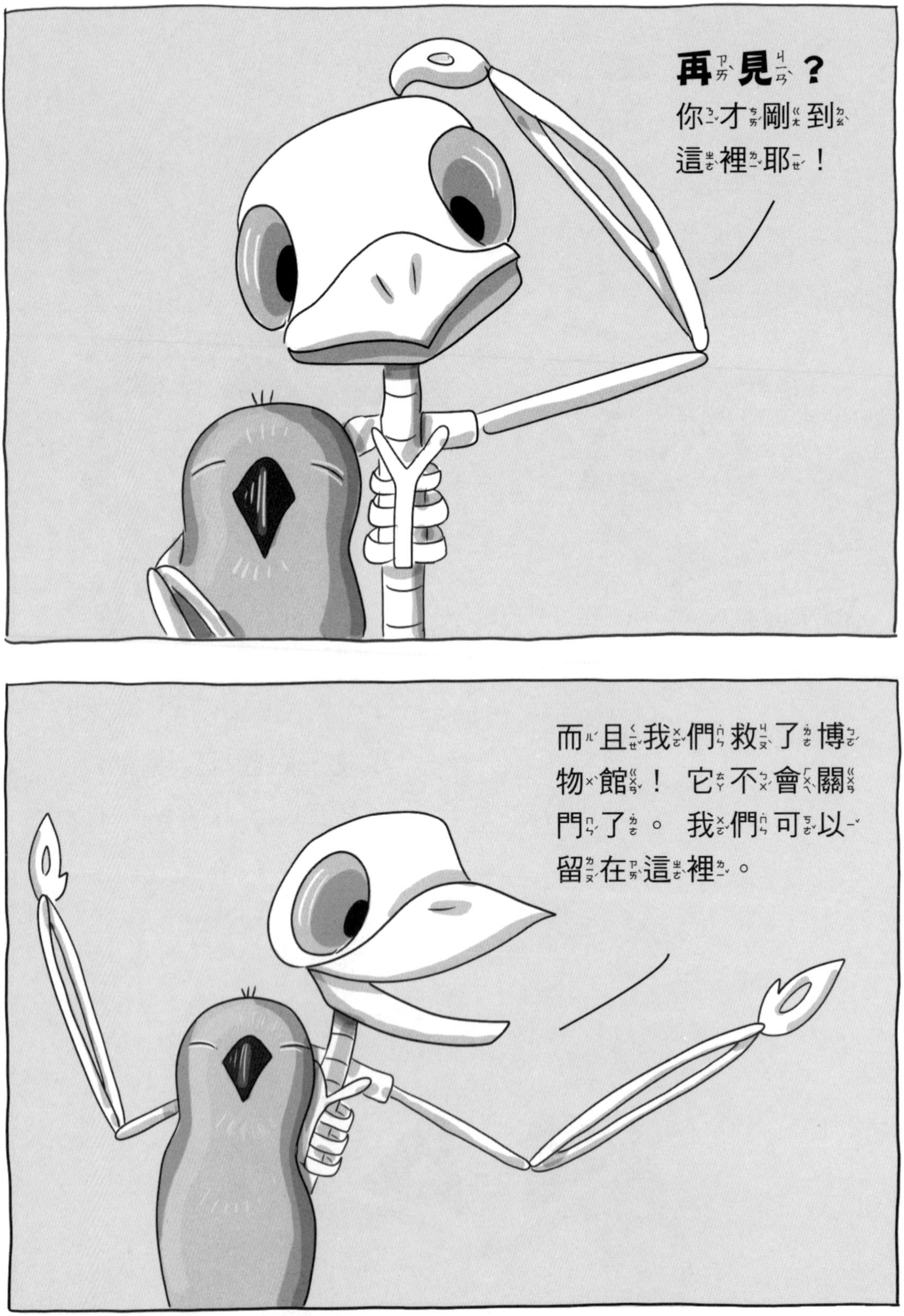

再見？
你才剛到
這裡耶！

而且我們救了博
物館！ 它不會關
門了。 我們可以
留在這裡。

你不懂嗎？
這裡對我來說再
也不安全了。

可是我們是很棒的團隊，你不能走啊！對吧，華茲？
博物館知道我在這裡，已經通知病蟲害防制單位了。

我對博物館來說，只是另一種**害蟲**。

我們一開始也是這樣認為，可是只要他們多認識你一些，一定也會愛上你的！

害蟲包括有害的動物，他們叫了撲滅害蟲的人進來。

喔，真遺憾。

別擔心，
我不會有事的。

啊嘟答——勒。

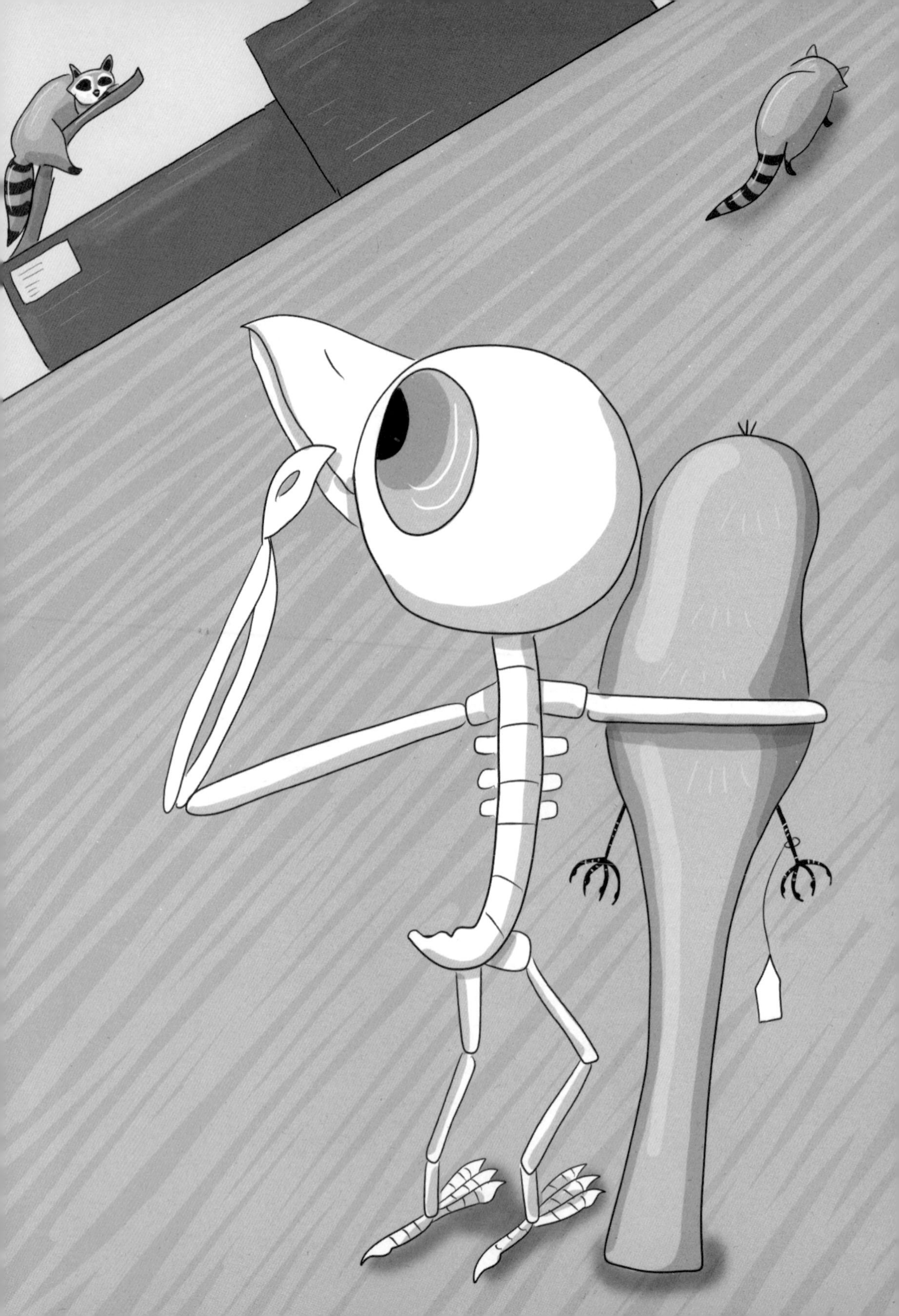

葛瑞絲，等等！
我有一個好點子！

是啊，華茲，
這是個好方法。
事實上，是——
很棒的點子。
甚至可以說超級棒。
謝謝你！

來，幫我抱一下華茲。

你還不明白嗎？
不是當個對博物館
有害的害蟲，
而是可以當博物館
「裡」的害蟲。
這真是太棒了！

嘿，華茲，
你覺得那樣
有道理嗎？

我也覺得不合理。

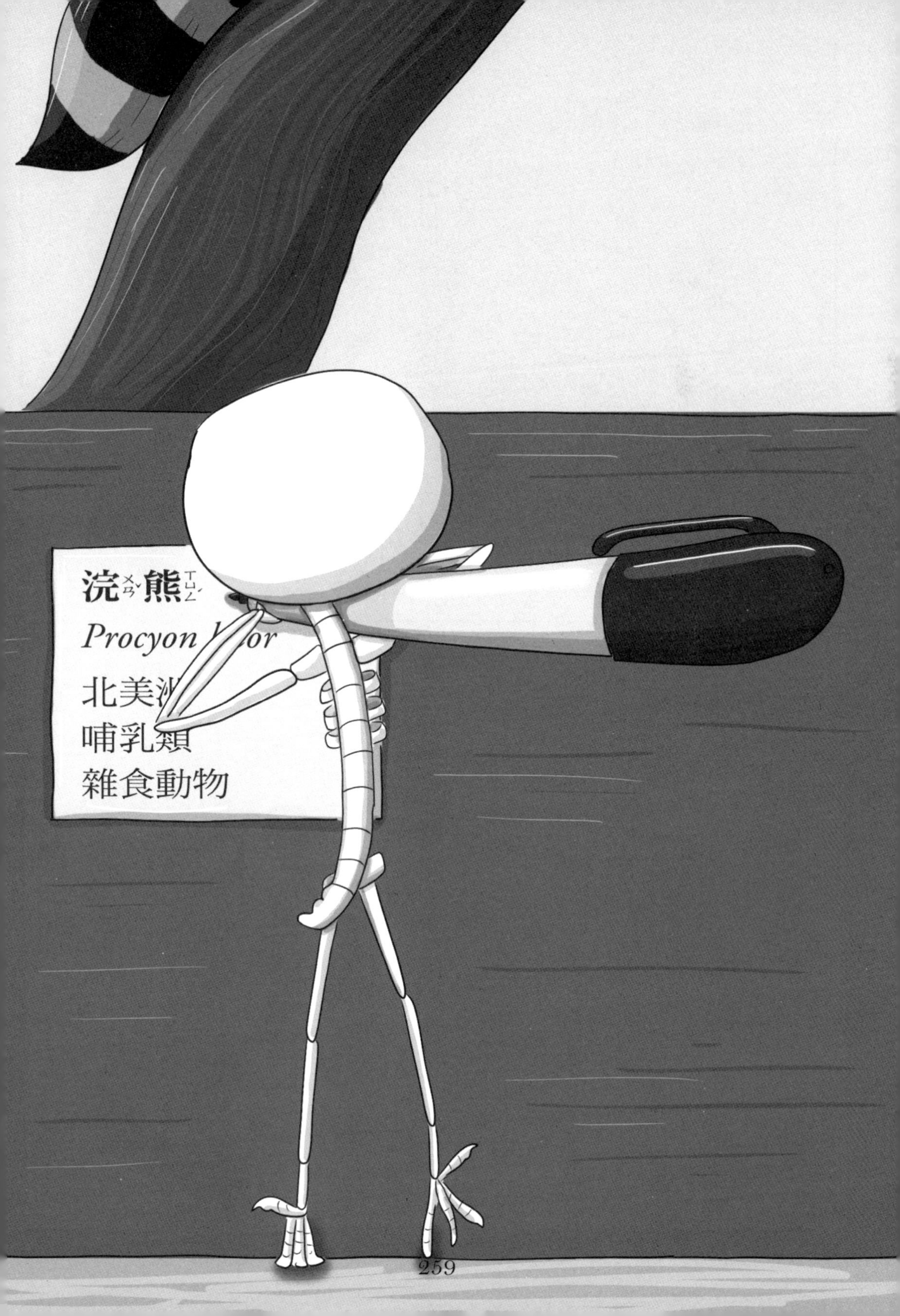
浣熊
Procyon
北美
哺乳類
雜食動物

準備好了嗎？

準備做什麼？

天啊！
你真的很重。

我只是毛比較蓬。

嗯……我們要去哪裡，骨爾摩斯？
你剛剛到底吃了多少巧克力啊？

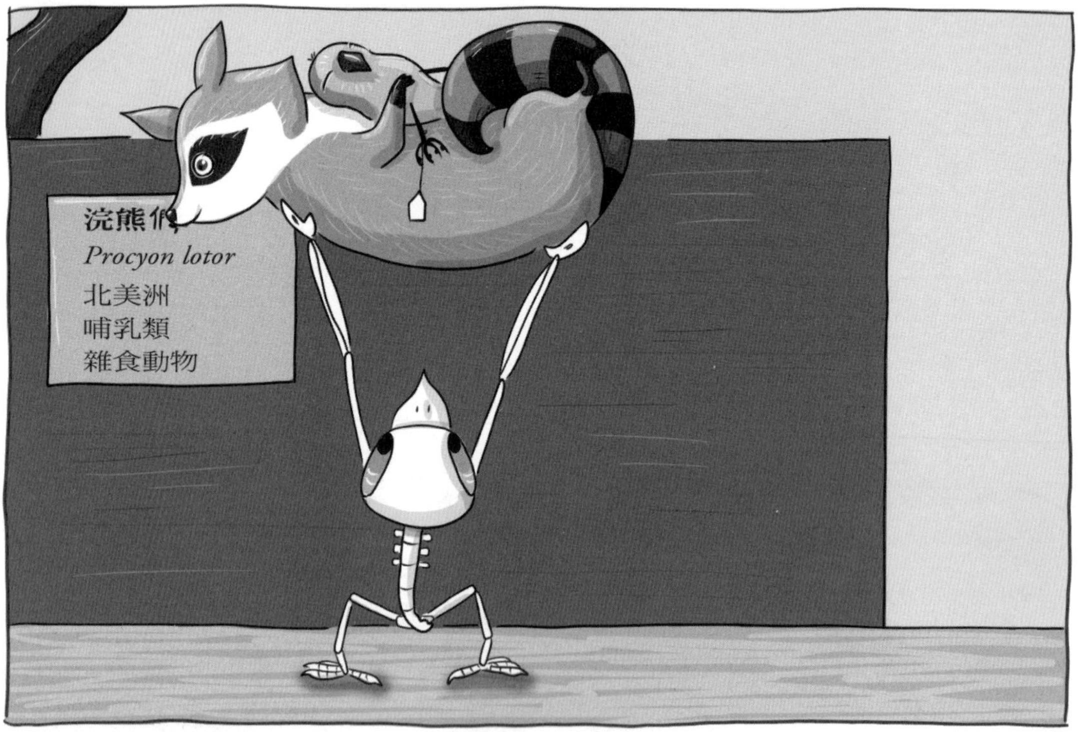

浣熊們
Procyon lotor
北美洲
哺乳類
雜食動物

現在休息一下吧！
我們今晚可有得
忙了。

浣熊們
Procyon lotor

你真的是個好偵探，骨爾摩斯。

鼠
us carolinensis
美東花栗鼠
Tamias striatus
北美洲
哺乳類
雜食動物
浣熊們
Procyon lotor
北美洲
哺乳類
雜食動物

土豚
Orycteropus afer
非洲
食肉動物
哺乳類
鴯鶓
Dromaius novaehollandiae
澳洲
雜食動物
鳥類

啊ㄚ嘟ㄉㄨ答ㄉㄚˊ——勒ㄌㄜˋ

感謝的話

我很幸運能夠屬於世上最優秀的寫作團隊，十分感激他們經年以來的鼓勵和支持……最重要的是，我請他們一次又一次（再一次）反覆閱讀《骨爾摩斯》，他們卻毫無怨言。感謝 Scott、Alison、Victoria、Vair、Lucinda、Adam、Caz、Chrissie、Hana、Cat、Michelle 和 Robyn。萬分感謝 Jude 在早期階段提供的精闢評語與建議。也非常感謝我的前任經紀人 Jill，謝謝你明白我就是非得寫這本書不可，而不是投入其他創作。我很感激我的編輯 Susannah，她完全懂《骨爾摩斯》，也要感謝 Allen & Unwin 的神奇團隊，讓這本書得以成形（謝謝各位）！特別要感謝我的兒子 Calvin 以及我的丈夫 Eric，他們是我以及骨爾摩斯最熱情的啦啦隊與支持者——我愛你們！

作者介紹

芮妮在二〇〇七年抵達澳洲不久後，在布里斯本昆士蘭博物館的茶色蟆口鴟骨骸展覽裡，第一次遇到骨爾摩斯（怕你好奇，芮妮上次檢查的時候，骨爾摩斯還在那裡）。過了幾年，芮妮走訪墨爾本博物館之後，這個故事逐漸成形，這座博物館提供了完美的背景以及罪犯角色設定。（是的，牠也依然在那裡。）

雖然芮妮在澳洲住了超過十年，這個神奇國家的野生動植物和文化依然讓她著迷不已。她的故事和插畫受到大自然的啟發，也受到她環境科學背景的影響。芮妮沒在寫作或畫插畫的時候，就是在灌木林裡或海灘上散步，以及跟家人一起探索博物館。她目前跟丈夫、兒子和一隻瘋狂小狗，一起在維多利亞省美麗的衝浪海岸生活與工作。

知識讀本館

博物館偵探骨爾摩斯1：消失的皇家藍鑽

SHERLOCK BONES AND THE NATURAL HISTORY MYSTERY

作繪者｜芮妮・崔莫（Renée Treml）
譯者｜謝靜雯
責任編輯｜詹嬿馨、曾柏諺
美術設計｜李潔　行銷企劃｜陳詩茵

天下雜誌群創創辦人｜殷允芃
董事長兼執行長｜何琦瑜
媒體暨產品事業群
總經理｜游玉雪
副總經理｜林彥傑
總編輯｜林欣靜
行銷總監｜林育菁
主編｜楊琇珊
版權主任｜何晨瑋、黃微真

出版者｜親子天下股份有限公司
地址｜台北市104建國北路一段96號4樓
電話｜（02）2509-2800　傳真｜（02）2509-2462
網址｜www.parenting.com.tw
讀者服務專線｜（02）2662-0332　週一～週五：09:00~17:30
讀者服務傳真｜（02）2662-6048　客服信箱｜parenting@cw.com.tw
法律顧問｜台英國際商務法律事務所・羅明通律師
製版印刷｜中原造像股份有限公司
總經銷｜大和圖書有限公司　電話：（02）8990-2588

出版日期｜2022年5月第一版第一次印行
2024年4月第一版第二次印行
定價｜380元
書號｜BKKKC200P
ISBN｜978-626-305-201-7（平裝）

訂購服務

親子天下 Shopping｜shopping.parenting.com.tw
海外・大量訂購｜parenting@cw.com.tw
書香花園｜台北市建國北路二段6巷11號　電話（02）2506-1635
劃撥帳號｜50331356　親子天下股份有限公司

立即購買 >
親子天下 Shopping

國家圖書館出版品預行編目資料

博物館偵探骨爾摩斯1：消失的皇家藍鑽 / 芮妮．崔莫(Renée Treml)作．繪；謝靜雯譯．-- 第一版．-- 臺北市：親子天下股份有限公司, 2022.05.
272面；17×23公分．--（博物館偵探骨爾摩斯；1）
注音版
譯自：Sherlock bones and the natural history mystery
ISBN 978-626-305-201-7（平裝）

887.1599　111003591

SHERLOCK BONES AND THE NATURAL HISTORY MYSTERY
First published in 2019 by Allen & Unwin, Australia
Copyright © Text and illustrations, Renée Treml, 2019
Published by arrangement with Allen & Unwin Pty Ltd, through The Grayhawk Agency.